FOLIO POLICIER

Horace McCoy

On achève bien les chevaux

Traduit de l'américain
par Marcel Duhamel

Gallimard

Titre original :

THEY SHOOT HORSES, DON'T THEY ?

Né en 1897 dans le Tennessee, Horace McCoy s'est engagé dans la Garde nationale et s'est battu en France durant la Première Guerre mondiale. Devenu journaliste, il perd son emploi en 1929. Après des années de petits boulots, il arrive à Hollywood où il écrit des scénarios. Son premier roman, *On achève bien les chevaux*, paraît en 1935. Bien d'autres suivront... Horace McCoy est mort en 1955 à Beverly Hills.

On achève bien les chevaux a été porté à l'écran par Sydney Pollack en 1969, avec Jane Fonda dans le rôle de Gloria.

Accusé, levez-vous…

I

Je me suis levé.

[L'espace d'un instant, j'ai revu Gloria assise sur ce banc de la jetée. La balle venait de la frapper sur le côté de la tête ; le sang n'avait même pas commencé à couler. L'éclair de la déflagration illuminait encore son visage. Tout devenait clair comme de l'eau de roche. Elle était parfaitement décontractée, parfaitement à son aise. Le choc de la balle l'avait légèrement détournée de moi ; je n'avais pas une vue parfaite de profil, mais le peu que je voyais du visage et des lèvres me disait assez qu'elle souriait.

Le procureur général s'est trompé quand il a déclaré au jury qu'elle était morte d'une mort affreuse, dans l'angoisse, sans amis, abandonnée, seule avec son misérable assassin, là-bas, dans la nuit noire au bord du Pacifique. Il s'est trompé autant qu'il est permis à un homme de se tromper. Elle n'est pas morte dans l'angoisse. Elle était détendue et reposée, elle souriait. C'était même la première fois que je la voyais sourire. Alors, comment aurait-elle pu être dans l'angoisse ? Et elle n'était pas sans amis, non plus.

J'étais son meilleur ami. J'étais son seul ami. Alors comment aurait-elle pu se sentir abandonnée ?]

Y a-t-il une raison légale qui puisse
s'opposer à ce que la sentence
soit rendue maintenant par le tribunal ?

II

Que pouvais-je dire ?... Tous ces gens savaient que je l'avais tuée ; la seule autre personne qui aurait pu me venir en aide était morte, elle aussi. Alors je restais planté là, regardant le juge et branlant la tête. Il n'y avait rien à quoi j'eusse pu me raccrocher.

— Demandez l'indulgence du tribunal, dit Epstein, l'avocat qu'on m'avait assigné d'office.

— Comment, comment ? fit le juge.

— Votre Honneur, dit Epstein, nous faisons appel à l'indulgence du tribunal. Ce garçon avoue avoir tué la jeune fille, mais c'était pour lui rendre service...

Le juge donna un violent coup de poing sur son bureau, les yeux rivés sur moi.

Aucune raison légale ne s'opposant
à ce que le verdict soit prononcé...

III

C'est bizarre la façon dont j'ai connu Gloria. Elle aussi essayait de faire du cinéma, mais je ne l'ai su que plus tard. Je suivais l'avenue Melrose un jour en revenant des studios Paramount, quand j'entendis derrière moi quelqu'un brailler :

« Eh ! Eh ! » Alors je me retournai et c'était elle qui accourait dans ma direction en me faisant de grands signes. Je m'arrêtai et, moi aussi, j'agitai la main. Lorsqu'elle parvint à ma hauteur, elle était hors d'haleine et tout animée, et je me rendis compte que je ne la connaissais pas.

— Vacherie d'autobus ! fit-elle.

Je tournai la tête et, en effet, à une cinquantaine de mètres plus loin, l'autobus descendait l'avenue vers les studios Western.

— Oh ! pardon ! dis-je. Je croyais que c'était à moi que vous faisiez signe…

— Pourquoi vous aurais-je fait signe ?

Je me mis à rire.

— J'sais pas… Vous allez de mon côté ?

— Tant qu'à faire, autant aller à pied chez Western, répondit-elle.

Alors nous commençâmes à descendre l'avenue en direction de Western.

C'est comme cela que tout a commencé et, à présent, cela me paraît tout à fait étrange. Je n'y comprends rien du tout. J'ai tourné et retourné tout ça dans ma tête et quand même je ne comprends pas. C'était pas un meurtre. Je veux rendre service à quelqu'un et, en fin de compte, je me fais tuer dans cette histoire.

> [On va me tuer. Je sais exactement ce que va dire le juge. Je sens bien à le voir qu'il sera content de le dire, et je sens bien, aux réactions des gens derrière moi qu'ils seront contents de le lui entendre dire.]

Tenez, le matin où j'ai fait la connaissance de Gloria, je ne me sentais pas très bien ; j'étais encore un peu malade ; pourtant je suis allé faire un tour chez Paramount, parce que Von Sternberg y tournait an film russe et je pensais que je pourrais peut-être trouver du boulot. Autrefois, je me demandais ce qu'il pourrait bien m'arriver de mieux que de travailler pour Von Sternberg, ou Mamoulian, ou même Boleslawsky, être payé pour le regarder mettre en scène, apprendre le métier, les angles de prises de vue, le rythme… Alors je suis allé faire un tour chez Paramount.

On ne me laissa pas entrer, je restai donc à errer devant la façade jusqu'à ce que, vers midi, un de ses assistants sortît pour déjeuner ; je le rattrapai et lui demandai s'il n'y avait pas une chance de faire un peu d'atmosphère.

— Aucune, dit-il, en ajoutant que Von Sternberg était très difficile dans le choix de ses figurants atmosphériques.

Je trouvai que c'était mufle de me dire ça, mais je savais ce qu'il pensait, que mes vêtements n'étaient plus de première fraîcheur.

— Ce n'est pas un film en costumes que vous tournez ? demandai-je.

— Nous prenons toute notre figuration chez Central, répondit-il en me quittant.

... Je n'avais pas de but précis. Je me baladais simplement dans ma Rolls-Royce, en me faisant admirer des gens qui se montraient du doigt le plus grand metteur en scène du monde, quand j'entendis brailler Gloria. Voyez comment ces choses-là arrivent ?...

Nous suivîmes donc l'avenue Melrose jusque chez Western, faisant connaissance tout le long du parcours, et, en arrivant devant les studios, je savais qu'elle était Gloria Bettie, une figurante qui ne réussissait pas très bien non plus, et elle, de son côté, savait certaines choses me concernant. Elle me plut beaucoup.

Elle avait une petite chambre chez des gens près de Beverley Hill et, comme j'habitais pas très loin de là, je la revis le soir même. C'est ce premier soir qui fut vraiment la cause de tout ; et pourtant, même à présent, je ne peux pas dire en toute franchise que je regrette d'être allé la voir. Je possédais à peu près sept dollars, que je m'étais faits à servir des *ice-cream-sodas* derrière le comptoir d'un *drugstore* où je remplaçais un ami.

Je lui demandai si elle aimait mieux aller au cinéma ou s'asseoir dans le parc.

— Quel parc ? fit-elle.

— C'est là-bas, un petit peu plus loin, lui dis-je.

— C'est bon, dit-elle. De toute façon, j'en ai jusque-là du cinéma. Si je ne suis pas meilleure actrice que la plupart de ces bonnes femmes, je suis la dernière des tordues… On va aller s'asseoir et casser du sucre sur le dos d'un tas de gens…

J'étais heureux qu'elle consentît à venir dans le parc. On y était toujours bien. C'était un endroit agréable, très petit, très obscur et tranquille d'environ une centaine de mètres. D'épais taillis poussaient tout autour de grands palmiers de cinquante à soixante pieds de haut brutalement échevelés à leurs sommets. On avait l'impression, une fois dans le parc, d'être en sécurité et, souvent, je les imaginais comme des sentinelles montant la garde pour ma petite île privée. De là, au travers les feuilles, se distinguaient une quantité de buildings, d'immeubles de location pour meublés, la silhouette carrée, massive avec leurs enseignes empourprant le ciel au-dessus des toits avec, tout en bas, les choses et les gens. Pourtant, quand on voulait oublier tout cela, il suffisait de se poser et de regarder dans le vague pour que tout commence à s'éloigner…

— Je n'avais jamais remarqué cet endroit, fit Gloria.

—… Ça me plaît beaucoup, dis-je en ôtant mon veston et en l'étendant sur l'herbe pour qu'elle puisse s'asseoir. J'y viens trois ou quatre fois par semaine.

— Eh bien ! en effet, dit-elle en s'asseyant.

— Ça fait longtemps que vous êtes à Hollywood ? lui demandai-je.

— À peu près un an. Déjà tourné dans quatre films. J'aurais pu en faire plus, mais je n'ai jamais pu me faire inscrire chez Central.

— Moi non plus.

À moins d'être inscrit au Bureau central de distribution, on avait peu de chances. Les grands studios appellent Central et disent qu'il leur faut quatre Suédois ou six Grecs et cent types de paysans bohémiens ou bien six grandes-duchesses, et Central fait le nécessaire. Je voyais bien pourquoi Gloria n'avait pas pu se faire inscrire chez Central. Elle était trop blonde et trop petite et avait l'air trop âgée. Bien habillée, elle aurait pu paraître attrayante ; mais même alors je n'aurais pas dit qu'elle était jolie.

— Vous ne connaissez personne qui puisse vous aider ? demandai-je.

— Dans ce métier, comment savoir à qui s'adresser ? On est électricien un jour et, le lendemain, vous voilà producteur. Je crois que le seul moyen pour moi de jamais approcher un gros bonnet serait de sauter sur le marche pied de sa voiture au moment où elle passerait devant moi. D'ailleurs, je crois qu'il vaudrait encore mieux m'adresser aux vedettes femmes qu'aux vedettes hommes, si j'en crois les renseignements que j'ai eus sur leur compte depuis que je suis là.

— Comment avez-vous décidé de venir à Hollywood ?

— Oh ! je ne sais pas trop, dit-elle au bout d'un moment. En tout cas, tout vaut mieux pour moi que la vie que je menais là-bas, chez nous.

Je lui demandai d'où elle était.

— Du Texas, fit-elle. De l'ouest du Texas. Jamais été par là ?

— Non. Je suis de l'Arkansas.

— Eh bien, l'ouest du Texas, c'est un bled infernal. Je vivais là avec mon oncle et ma tante. Il était serre-frein dans les chemins de fer. Je ne le voyais qu'une ou deux fois par semaine, Dieu merci !…

Elle s'interrompit et resta un moment à contempler d'un air songeur la lueur vaporeuse et rouge qui coiffait les buildings.

— Vous aviez au moins un foyer, vous..., dis-je.

— C'est vous qui l'appelez comme ça. Moi, je l'appelle autrement. Quand mon oncle était à la maison, il était tout le temps à me courir après, et quand il était parti, ma tante et moi on n'arrêtait pas de se chamailler. Elle avait peur que je cafarde sur son compte.

— Charmante famille ! me dis-je.

— Alors, finalement, je me suis sauvée, dit-elle. À Dallas. Connaissez ?

— Jamais mis les pieds au Texas, dis-je.

— Vous n'avez pas perdu grand-chose. Je n'arrivais pas à trouver du travail, alors je me suis décidée à voler quelque chose dans une boutique pour que les flics prennent soin de moi.

— C'était une bonne idée.

— C'était une idée épatante ; seulement ça n'a pas marché. Je me suis bien fait arrêter, mais les inspecteurs ont eu pitié de moi et m'ont relâchée. Afin de ne pas mourir de faim, je me suis mise en ménage avec un Syrien, un marchand de saucisses ambulant, qui se tenait au coin de la place de la mairie. Il chiquait. Il chiquait sans arrêt. Vous n'avez jamais couché avec un homme qui chiquait ?

— Je peux pas dire...

— Tout compte fait, je serais peut-être arrivée à passer là-dessus, mais, quand il s'est mis à vouloir me faire l'amour en plein service, entre deux clients, j'ai laissé tomber. Quarante-huit heures après, je me suis empoisonnée.

— Bon Dieu ! fis-je à part moi.

— J'en ai pas pris assez. Ça m'a seulement rendue malade. Aaaahh ! j'en ai encore le goût dans la bouche. Je suis restée une semaine à l'hôpital. C'est là que l'idée m'est venue d'aller à Hollywood.

— Ah oui ?

— En lisant les revues de cinéma.

Quand on m'a donné mon bulletin de sortie, j'ai commencé à trimarder. Trouvez pas que c'est marrant ?

— C'est très marrant, dis-je en essayant de me marrer… Vous n'avez donc pas de parents ?

— Je n'en ai plus. Mon vieux a été tué pendant la guerre en France. Je voudrais bien pouvoir être tuée dans une guerre

— Pourquoi ne laissez-vous pas tomber le cinéma ?

— Pour quelle raison ? Je peux très bien devenir vedette du jour au lendemain. Prenez Hepburn, ou Margaret Sullivan, ou Joséphine Hutchinson…, mais je vais vous dire ce que je ferais si j'avais un peu de cran : je sortirais par la fenêtre, ou bien je me jetterais devant un tramway, ou n'importe quoi…

— Je sais ce que c'est, dis-je, je me mets à votre place.

— Ce qui me paraît bizarre, fit-elle, c'est que les gens accordent tant d'attention à la vie et si peu à la mort. Voulez-vous me dire pourquoi tous ces savants à grosse tête n'arrêtent pas de se décarcasser pour essayer de prolonger la vie au lieu de chercher des moyens agréables pour la finir ? Il doit y avoir dans le monde une tripotée de gens comme moi, qui ont envie de mourir, mais qui n'en ont pas le courage.

— Je comprends ce que vous voulez dire ; je vous comprends très bien.

Nous restâmes quelques instants silencieux.

— Une amie à moi a voulu me faire entrer dans le marathon de danse qui s'ouvre là-bas sur la plage, dit-elle. Repas et lit gratuits tant qu'on tient le coup et mille dollars si on gagne.

— Le côté repas gratuit est assez alléchant, dis-je.

— Ce n'est pas le principal. Il y a un tas de producteurs et de metteurs en scène qui fréquentent les marathons de danse. Il y a toujours la possibilité qu'ils vous repèrent et vous donnent un rôle dans un film... Qu'est-ce que vous en dites ?

— Moi ?... Oh ! je ne sais pas très bien danser...

— Pas besoin. S'agit simplement de remuer tout le temps.

— Je crois qu'il vaut mieux pas que j'essaie. J'ai été assez mal fichu. Je viens juste de guérir d'une grippe intestinale.

Failli claquer. J'étais tellement faible que j'étais obligé de me traîner à quatre pattes. Vaut mieux que j'essaie pas, dis-je en secouant la tête.

— Ça date de quand, cette histoire ?

— De la semaine dernière.

— Vous êtes retapé, maintenant.

— Je ne crois pas. Vaut mieux que j'essaie pas. Je serais fichu d'avoir une rechute.

— Je me chargerai de vous, dit-elle.

— D'ici une semaine, peut-être…

— Ce sera trop tard. Vous êtes assez fort à l'heure qu'il est…

Le Tribunal décide que…

IV

Le marathon de danse se tenait sur la jetée-promenade, dans une énorme bâtisse qui avait été autrefois un dancing populaire. Elle était entièrement construite sur pilotis et, sous nos pieds, l'Océan tonnait nuit et jour. Sous la plante de mes pieds, je sentais son flux et son reflux comme à travers des stéthoscopes.

À l'intérieur, on avait aménagé à l'usage des concurrents une piste de deux cents pieds de long sur trente de large, avec des loges sur le pourtour — sauf d'un côté. Derrière les loges, c'était le pesage, puis le balcon.

Tout au bout de la piste de danse se dressait l'estrade de l'orchestre. Il ne jouait que la nuit, cet orchestre, et n'était pas bien fameux. Pendant la journée, nous avions la musique que nous pouvions prendre à la radio et qui nous arrivait amplifiée par les haut-parleurs. C'était beaucoup trop fort et cela emplissait la salle de vacarme.

Nous avions un maître de cérémonies dont le rôle consistait à faire régner la bonne humeur parmi la clientèle, deux arbitres de piste qui évoluaient sans trêve parmi les concurrents pour voir si tout se passait bien, et un médecin spécialement affecté à l'établissement, pour les cas d'urgence.

Le médecin n'avait pas du tout l'air d'un médecin. Il était beaucoup trop jeune.

Cent quarante-quatre couples s'étaient fait inscrire dans le marathon, mais soixante et un durent abandonner dès la première semaine. D'après le règlement, on devait danser durant une heure cinquante minutes, après quoi on avait droit à dix minutes de repos pendant lesquelles il était permis de dormir si on en avait envie. Mais, pendant ces dix minutes, on devait également se raser, se baigner, se faire soigner les pieds et tout ce qui pouvait être nécessaire…

La première semaine fut la plus pénible de toutes. Tout le monde avait les pieds et les jambes enflés… et, tout en bas, l'Océan sans cesse venait battre, battre les piles de la jetée. Avant de participer à ce marathon, je me souviens que j'adorais le Pacifique ; son nom, son étendue, sa couleur, son odeur… Je restais des heures assis à le contempler, à me demander ce qu'étaient devenus les bateaux qui avaient un jour quitté le port pour ne jamais revenir, rêvant à la Chine et aux Mers du Sud, rêvant à un tas de choses… Mais plus maintenant. J'en ai assez du Pacifique. Cela me serait égal de ne plus jamais le revoir.

[C'est probablement ce qui arrivera. Le juge va se charger de cela.]

Gloria et moi avions été prévenus par des vieux routiers que la seule façon de tenir le coup jusqu'au bout dans un marathon de danse, c'était d'utiliser au mieux ces pauses de dix minutes grâce à une méthode précise : apprendre à manger son sandwich tout en se rasant et en se faisant soigner les pieds, apprendre à lire les journaux en dansant, apprendre à dormir sur l'épaule de son ou de sa partenaire ; mais tout cela, c'étaient des trucs de métier qui demandaient de l'entraînement. Au début, nous eûmes beaucoup de peine à nous y mettre, Gloria et moi.

Je découvris qu'environ la moitié des concurrents de l'épreuve étaient des professionnels. C'était pour eux une véritable profession que d'aller de marathon en marathon à travers le pays ; certains faisaient même la route à pied, ou en stop, de ville en ville et d'un bout de l'année à l'autre. Les autres étaient simplement des jeunes gens venus, comme Gloria et moi, par hasard.

Nos meilleurs amis dans le concours étaient

le tandem n° 13. C'étaient James et Ruby Jenkins, tous deux originaires d'un village du nord de la Pennsylvanie. Ils en étaient à leur huitième marathon de danse ; ils avaient gagné un prix de quinze cents dollars dans l'Oklahoma, pour être restés continuellement en mouvement pendant 1 253 heures. Il y avait dans ce concours plusieurs autres équipes qui se réclamaient de titres quelconques, mais je savais que James et Ruby seraient là à l'arrivée. Du moins si le bébé de Ruby n'arrivait pas avant. Elle attendait un bébé dans quatre mois.

— Qu'est-ce qu'elle a, Gloria ? me demanda un jour James, alors que nous sortions du dortoir pour reprendre notre place sur la piste.

— Rien. Qu'est-ce que tu veux dire ? répondis-je.

Mais je savais ce qu'il voulait dire. Gloria avait encore piqué une crise de cafard, et avait dû leur chanter sa complainte.

— Elle n'arrête pas de répéter à Ruby qu'elle serait une bille de garder l'enfant, fit-il. Gloria voudrait qu'elle se fasse avorter.

— Ça m'étonne de Gloria, dis-je pour tâcher d'arranger les choses.

— Dis-lui de laisser Ruby tranquille, fit-il.

Quand le coup de sifflet nous eut lancés dans la deux cent seizième heure, je répétai à Gloria ce que James m'avait dit.

— Oh ! il nous court, dit-elle. Qu'est-ce qu'il connaît de la question ?

— Je ne vois pas pourquoi ils ne pourraient pas avoir un enfant s'ils en ont envie. C'est eux que ça regarde, dis-je. Je ne veux pas me mettre mal avec James. Il a fait un tas de marathons, et il nous a déjà donné pas mal de bons tuyaux. On serait dans de beaux draps s'il se fâchait avec nous.

— C'est une honte que cette fille ait un gosse, dit Gloria. À quoi ça rime d'avoir un gosse si on n'a pas assez de fric pour l'élever ?

— Comment sais-tu qu'ils n'en ont pas assez ? demandai-je.

— Autrement, qu'est-ce qu'ils feraient ici ?... C'est bien ça qui est lamentable, de nos jours. Tout le monde fait des gosses...

— Oh ! pas tout le monde, dis-je.

— Tu m'as l'air d'être drôlement au courant de la question. Tu me fais mal, tiens. Ça vaudrait cent fois mieux pour toi si tu n'étais jamais venu au monde...

— Peut-être pas..., ripostai-je. Comment te sens-tu ? lui demandai-je, m'efforçant de détourner son esprit des inquiétudes qui la rongeaient.

— Toujours mal fichue, répondit-elle.

— Bon Dieu, elles n'avancent pas vite, ces maudites aiguilles !...

Il y avait sur l'estrade du maître des cérémonies une grande toile peinte représentant une pendule, avec les heures, jusqu'à 2 500. L'aiguille marquait maintenant 216. Au-dessus, une pancarte portait les indications :

HEURES ÉCOULÉES : 216
COUPLES RESTANT EN COURSE : 83

— Comment vont tes jambes ?

— Toujours faiblardes, répondis-je. Je ne connais rien de plus terrible que cette grippe…

— Il y a des filles qui ont dans l'idée que ça prendra 2 000 heures pour gagner, fit Gloria.

— J'espère que non, dis-je. Je ne crois pas que je serais capable de tenir aussi longtemps.

— Mes chaussures commencent à s'user, dit Gloria. Il serait grand temps de trouver une maison qui nous patronne, sinon je vais bientôt aller pieds nus.

Il arrivait qu'une société ou une firme vous fournissent des chandails au dos desquels était inscrit le nom du donateur. Ensuite, elle se chargeait de vos besoins.

James et Ruby s'approchèrent de nous en dansant :

— Tu lui as dit ? interrogea-t-il en me regardant.

Je fis un signe de tête affirmatif.

— Non, mais, dites donc, fit Gloria, au moment où ils repartaient en dansant. Vous avez fini de raconter des histoires derrière mon dos ?

— Dis à cette tordue de ne pas me casser les pieds, fit James, toujours en s'adressant à moi.

Gloria commença à répondre quelque chose, mais, sans la laisser terminer, je l'entraînai à l'écart tout en dansant. Je ne tenais pas à avoir de scènes.

— L'enfant de salaud ! dit-elle.

— Il est en rogne, dis-je. Maintenant on est frais...

— Viens, dit-elle. Je vais lui sonner les cloches.

— Doucement les basses, là-bas, fit une voix.

Je me détournai. C'était Rollo Peters, l'arbitre.

— À la gare, fit Gloria.

À travers mes doigts, je sentais les muscles de son dos se crisper, exactement comme je sentais battre l'océan à travers la plante de mes pieds.

— Bouclez-la, dit Rollo. Les gens de la loge peuvent vous entendre. Où est-ce que vous vous croyez ? Dans un bastringue ?

— Bastringue est le mot, fit Gloria.

— Je vous ai déjà fait une observation, fit Rollo. Tâchez que je n'aie pas à y revenir. Les gros mots, ça fait mauvais effet auprès de la clientèle.

— La clientèle ? Où est-ce qu'elle est ? fit Gloria.

— Vous mêlez pas de ça. C'est nous que ça regarde, fit Rollo, les yeux braqués sur moi.

— Ça va, ça va, dis-je.

Il lança un coup de sifflet, et tout le monde s'immobilisa. D'ailleurs, certains remuaient à peine, juste assez pour ne pas se faire disqualifier.

— Allons-y, les enfants, dit-il. Un petit sprint.

— Un petit sprint, les enfants, reprit au micro Rocky Gravo, le maître de cérémonies. Sa voix résonna dans les haut-parleurs, remplissant le hall, couvrant le tonnerre de l'océan. Un petit sprint autour de la piste, et que ça roule… Envoyez ! dit-il à l'orchestre et l'orchestre commença à jouer. Les concurrents se mirent à danser avec un peu plus d'entrain.

Le sprint dura environ deux minutes et lorsqu'il fut terminé, Rocky déclencha les applaudissements, puis il dit au micro :

— Regardez-moi ces gosses, mesdames et messieurs : au bout de 216 heures ils sont frais comme des roses…, frais comme des roses, les concurrents du marathon de la danse qui comptera pour le championnat du monde. Une épreuve d'endurance et de virtuosité. Ces gosses sont nourris sept fois par jour…, trois grands repas et quatre casse-croûte. Il en est même parmi eux qui ont engraissé pendant le concours…, de plus, nous avons là en permanence des médecins, des soigneurs et des infirmières chargés de veiller à ce qu'ils soient toujours au mieux de leur forme. Et maintenant nous allons demander au couple n° 4 : Mario Petrone et

Jackie Miller, d'exécuter un petit numéro. Avancez le couple n° 4... Les voici, mesdames et messieurs. N'est-ce pas qu'ils sont mignons tous les deux ?...

Mario Petrone, un Italien râblé, et Jackie Miller, une petite blonde, montèrent sur l'estrade, salués par quelques applaudissements. Ils parlèrent à Rocky, après quoi ils se lancèrent dans un numéro de claquettes des plus minables. Ni Mario ni Jackie ne semblaient se douter que leur numéro était mauvais. Quand il fut terminé, quelques spectateurs leur lancèrent des pièces de monnaie.

— Allons, passez la monnaie, bonnes gens, fit Rocky. Une pluie d'argent ! Envoyez !

Quelques pièces vinrent encore sonner sur le parquet. Mario et Jackie les ramassèrent tout en se rapprochant de nous.

— Combien ? leur demanda Gloria.

— L'impression qu'il doit y avoir dans les dix-sept sous, répondit Jackie.

— D'où es-tu ? demanda Gloria.

— De l'Alabama.

— Je m'en doutais, fit Gloria.

— On devrait s'entraîner pour un numéro, tous les deux, dis-je à Gloria. On pourrait se faire un peu d'argent en rab...

— Vaut mieux ne savoir rien faire, dit Mario. Tout ce que ça te rapporte, c'est du boulot supplémentaire, et, en plus, ça ne t'arrange pas les jambes.

— Vous êtes tous au courant de cette histoire de derby ? demanda Jackie.

— Qu'est-ce que c'est ? demandai-je.

— Je crois qu'on va donner des détails à la prochaine pause.

— Le fromage commence à prendre, fit Gloria.

… déclaré coupable,
de par le verdict du jury…

V

Au vestiaire, Rocky Gravo nous présenta Vincent Donald (Socks* pour les intimes), un des organisateurs.

— Écoutez-moi, les enfants, dit Socks, faut pas vous décourager sous prétes' que les gens ne viennent pas au marathon de la danse. Faut du temps pour que ça démarre, alors on a décidé d'offrir à la clientèle un petit quéq' chose d'inédit. Tous les soirs, on va organiser un derby. On va peindre un rond sur le plancher et chaque soir tout le monde participera à une course d'un quart d'heure autour de la piste, et le couple classé dernier sera disqualifié. Je vous promets que ça amènera la foule.

— Ça amènera aussi les croque-morts, fit quelqu'un.

— On déménagera les lits au centre de la piste, poursuivit l'organisateur, et il y aura un

* Socks : dit « La Châtaigne », dit « Chaussettes ».

médecin et des infirmières en permanence. Si un concurrent lâche et qu'il est forcé d'aller au vestiaire aménagé au centre, son coéquipier devra faire deux tours au lieu d'un, pour compenser. Et pour vous, mes enfants, ça sera beaucoup plus intéressant, parce qu'il y aura beaucoup plus de monde. Pensez donc, quand toute la clique d'Hollywood va commencer à s'amener, on ne saura plus où les caser… À part ça, on est content de la nourriture ? Y en a qui ont à se plaindre de quelque chose ?… Eh ben, c'est parfait, mes enfants… Soyez réguliers avec nous, on le sera avec vous… Marchons la main dans la main.

Nous gagnâmes l'extérieur de la piste. Aucun des concurrents n'avait rien trouvé à redire contre le derby. Tous semblaient d'avis que c'était une bonne idée, si seulement ça pouvait amener la grande foule. Rollo s'avança vers moi, juste comme je m'essayais sur la balustrade. Il me restait à peu près deux minutes de repos avant mes deux heures de turbin.

— Faut pas m'en vouloir pour ce que j'ai dit tout à l'heure, fit-il. Ce n'est pas toi, c'est Gloria.

— Je sais, fis-je. Ce n'est pas une mauvaise fille. Elle est simplement à cran et elle en veut à toute la planète.

— Arrange-toi pour qu'elle y mette une sourdine.

— Ça sera du boulot, mais je ferai de mon mieux, répondis-je.

Un instant plus tard, levant les yeux vers le passage qui menait au vestiaire des femmes, j'eus la surprise de voir Gloria et Ruby s'amener ensemble sur la piste. Je m'avançai à la rencontre de Gloria.

— Qu'est-ce que tu penses des derbys ? lui demandai-je.

— C'est un moyen de plus d'avoir notre peau, répondit-elle.

Le coup de sifflet nous fit repartir…

— Il n'y a pas plus de cent personnes ici, ce soir, dis-je.

Gloria et moi nous ne dansions pas. J'avais passé mon bras autour de ses épaules et elle me tenait par la taille et, ainsi enlacés, nous marchions. C'était permis. Durant la première semaine, il fallait danser, mais après c'était inutile. On nous demandait seulement de rester continuellement en mouvement. Je vis James et Ruby venir de notre côté et, à la tête que faisait James, je compris tout de suite qu'il y avait du vilain. J'aurais bien voulu pouvoir m'esquiver, mais il n'y avait nulle part à aller…

— Je croyais t'avoir dit de laisser ma femme tranquille, dit-il à Gloria.

— Oh ! va au diable, espèce de grand chimpanzé, répondit Gloria.

— Hé là ! une seconde, dis-je. Qu'est-ce qui se passe ?

— Elle a remis ça avec Ruby, dit James. Chaque fois que j'ai le dos tourné elle remet ça.

— Oh ! laisse tomber, Jim, fit Ruby, s'efforçant de l'entraîner.

— Nan, j'laisserai pas tomber, je t'avais dit de la fermer, il me semble ? dit-il à Gloria.

— Va te faire…

Avant que Gloria eût pu terminer sa phrase, il lui assena une claque magistrale qui envoya sa tête cogner contre mon épaule.

Une beigne soignée. Je ne pouvais pas laisser passer ça. Je levai le bras et le frappai sur la bouche. De sa main gauche, il m'assena un coup à la mâchoire, m'envoyant rebondir contre les autres danseurs. Cela m'empêcha de dégringoler par terre. Il se rua sur moi et je l'étreignis, luttant en corps à corps avec lui, essayant de forcer mon genou entre ses jambes pour lui porter un coup bas. C'était ma seule chance.

Un coup de sifflet retentit à mon oreille et quelqu'un nous empoigna. C'était Rollo Peters. D'une violente poussée il nous sépara.

— Assez, fit-il. Qu'est-ce qui se passe, ici ?

— Rien, répondis-je.

— Rien, fit Ruby.

Rollo leva la main et fit un signe à Rocky qui se tenait sur l'estrade.

— Envoyez, fit Rocky, et l'orchestre commença à jouer.

— Dispersez-vous, dit Rollo aux concurrents. Ils obéirent. Allons, fit-il, passant en tête pour donner l'exemple.

— La prochaine fois, je te tords le cou, dit James à Gloria.

Gloria lui répondit par un juron.

— Tais-toi, lui dis-je.

Je m'éloignai avec elle en marchant jusqu'à un coin isolé, où nous ralentîmes, avançant à peine.

— Tu n'es pas un peu cinglée ? lui dis-je. Tu ne peux pas laisser Ruby tranquille ?

— Ne t'en fais pas, j'ai assez gâché de salive avec elle. Si elle tient à avoir un enfant difforme, moi, je veux bien…

— Bonsoir Gloria, fit une voix.

Nous regardâmes autour de nous. C'était une vieille femme au premier rang des loges, tout contre la balustrade. Je ne connaissais pas son nom mais c'était un curieux personnage. Elle était venue là tous les soirs, apportant sa couverture et son déjeuner. Un soir, elle s'était enveloppée dans sa couverture et avait passé la nuit là. Elle devait avoir dans les soixante-cinq ans.

— Bonsoir, fit Gloria.

— Qu'est-ce qui se passait, là-bas ? demanda la vieille femme.

— Rien, répondit Gloria. Une petite discussion, c'est tout.

— Comment vous sentez-vous ? demanda la vieille femme.

— Mon Dieu, comme ça, répondit Gloria.

— Je m'appelle Mme Layden, déclara la vieille. Vous êtes mon couple favori.

— C'est bien aimable à vous, dis-je.

— J'ai essayé de m'engager là-dedans, fit Madame Layden, mais on ne me l'a pas permis. On m'a dit que j'étais trop vieille. Je n'ai que soixante…

— Eh ben, c'est très bien, dis-je.

Gloria et moi nous étions arrêtés, toujours enlacés, oscillant de droite et de gauche. Il fallait remuer sans arrêt. Deux hommes vinrent se poster dans la loge derrière la vieille femme. Tous deux mâchonnaient des cigares éteints.

— C'est des poulets, chuchota Gloria.

— Qu'est-ce que vous dites du marathon ? demandai-je à Mme Layden.

— J'adore ça, fit-elle. Ça me plaît énormément. Tous ces garçons et ces filles sont si gentils…

— Allons, avancez, les enfants, dit Rollo en passant près de nous.

En m'éloignant, je fis un signe de tête à Mme Layden.

— Non, mais tu réalises ? fit Gloria. Elle devrait être à la maison en train de mettre des couches au bébé. Bon Dieu, j'espère que je ne vivrai pas jusqu'à cet âge-là…

— Comment sais-tu que ces gars-là sont des inspecteurs ? demandai-je.

— Je suis voyante, répondit Gloria. C'est fou, non mais tu réalises, cette vieille. Une vraie tordue pour ces trucs-là. On devrait lui faire payer un loyer. Elle branla la tête. J'espère que je ne vivrai pas jusqu'à cet âge-là, répéta-t-elle.

La rencontre avec la vieille dame avait complètement démoralisé Gloria. Elle déclara que cela lui rappelait l'orphelinat du Texas.

— Alice Faye vient d'arriver, dit une des danseuses. Vous la voyez ?… Assise juste là-bas…

C'était bien Alice Faye, accompagnée de deux hommes que je ne reconnus pas.

— Tu la vois ? demandai-je à Gloria.

— Je ne tiens pas à la voir, répondit Gloria.

— Mesdames et messieurs, dit Rocky au micro, nous avons l'honneur d'avoir ce soir parmi nous une délicieuse vedette de l'écran, miss Alice Faye. Un petit bravo pour miss Faye, mesdames et messieurs…

Tout le monde applaudit et miss Faye s'inclina en souriant. Donald Socks, assis à une place de loge, près de l'orchestre, souriait lui aussi. Hollywood commençait à donner…

— Allons, dis-je à Gloria, applaudis.

— Pourquoi l'applaudirais-je ? fit Gloria. Qu'est-ce qu'elle a de plus que moi ?…

— Tu es jalouse, dis-je.

— Tu as bougrement raison, je suis jalouse. Tant que je serai une ratée, je serai jalouse des gens arrivés. Pas toi ?

— Absolument pas, dis-je.

— Tu es idiot, fit-elle.

— Eh ! regarde, dis-je.

Les deux détectives avaient quitté la loge où ils voisinaient avec Mme Layden et étaient maintenant assis avec Socks Donald. Leurs têtes étaient rapprochées et ils regardaient une feuille de papier que l'un d'eux tenait à la main.

— Allons-y, les enfants, fit Rocky au micro. Un petit sprint avant la pause… Envoyez, dit-il à l'orchestre en frappant dans ses mains et tapant du pied sur le plancher, en mesure.

En quelques minutes tous les spectateurs se mirent à claquer des mains et à taper du pied eux aussi…

Nous étions tous à fourmiller au beau milieu de la piste, épiant tous l'aiguille des minutes lorsque subitement Kid Kamm, du couple n° 18, se mit à gifler sa partenaire à tour de bras. Il la soutenait de la main gauche et la calottait de la droite, une joue puis l'autre, alternativement. Mais elle ne réagissait pas. Elle était loin de ce monde. Elle eut deux ou trois gargouillements puis glissa à terre, sans connaissance.

L'arbitre donna un coup de sifflet et tous les spectateurs surexcités se levèrent comme un seul homme. Les clients d'un marathon de danse n'ont pas besoin d'être préparés aux émotions fortes. Dès qu'il arrive n'importe quoi, ils s'échauffent d'un seul coup. Sous ce rapport, un marathon de danse ressemble à une course de taureaux.

L'arbitre et deux infirmières ramassèrent la jeune fille et la portèrent, les orteils raclant le plancher, jusqu'au vestiaire.

— Mattie Barnes, du couple n° 18, vient de s'évanouir, annonça Rocky au micro. On l'a emportée au vestiaire, mesdames et messieurs, où elle recevra les soins médicaux les plus attentifs. Rien de grave, mesdames et messieurs, rien de grave. Ça prouve tout simplement qu'il arrive toujours de l'imprévu dans le championnat du monde de marathon…

— Elle s'était plainte pendant la dernière pause, dit Gloria.

— Qu'est-ce qu'elle a ? demandai-je.

— Elle a simplement que ce n'est pas indiqué pour elle de danser en ce moment… c'est tout.

— … Comment que j'ai le flair pour les choisir ! fit Kid Kamm. Il secoua la tête, l'air dégoûté. Merde, alors, comme porte-poisse, je me pose là ! Ça en fait neuf que je fais de ces trucs et j'en ai pas encore fini un seul. Chaque fois, ma partenaire me laisse en rade.

— Oh ! elle va sûrement se remettre, dis-je, m'efforçant de le remonter.

— Pas question, fit-il. Elle est finie. Elle peut retourner à ses vaches et à ses cochons, maintenant.

La sirène retentit, annonçant qu'on venait d'en abattre une nouvelle tranche.

Tout le monde se précipita au vestiaire, je me débarrassai de mes chaussures d'un coup de pied et m'écroulai sur mon lit. Je sentis sous moi l'Océan battre une fois… rien qu'une fois. Et je m'endormis.

Je me réveillai, le nez plein d'ammoniaque. Un des soigneurs me passait une fiole devant le menton pour me la faire respirer. (C'était le meilleur moyen de nous tirer d'un profond sommeil, avait dit le docteur. S'ils avaient essayé de nous réveiller en nous secouant, jamais il n'y seraient parvenus.)

— Ça va, dis-je au soigneur. Je me sens d'aplomb.

Je m'assis, tâtonnant à la recherche de mes chaussures. C'est alors que je vis les deux inspecteurs et Socks Donald, qui se tenaient tous trois près de moi, devant le lit de Mario. Ils attendaient que l'autre soigneur le réveillât. Finalement Mario roula sur lui-même et leva les yeux vers eux.

— Salut, mon p'tit vieux, dit l'un des inspecteurs. Tu connais ce type-là ? Il lui tendit une feuille de papier. J'étais maintenant assez près pour voir ce que c'était. C'était une page déchirée à un magazine policier, avec plusieurs photos.

Mario la regarda, puis la rendit.

— Ouais, je le connais, dit-il en s'asseyant sur son lit.

— T'as pas beaucoup changé, dit l'autre inspecteur.

— Espèce d'enfant de salaud de métèque, dit Socks en fermant le poing. Je vais t'apprendre à te foutre de moi.

— Pas de ça, Socks, dit le premier inspecteur. Ensuite, il s'adressa à Mario : Alors, Giuseppe, prépare tes affaires.

Mario commença à lacer ses souliers.

— J'ai juste ma veste et ma brosse à dents, dit-il. Mais j'aimerais bien dire au revoir à ma partenaire.

— Espèce d'enfant de putain de cochon de Rital, fit Socks, ça va faire bien dans les journaux, hein ?

— Laisse tomber ta partenaire, Giuseppe, fit le deuxième inspecteur. Dis donc, petit gars, me dit-il, tu diras au revoir pour Giuseppe à sa partenaire. Allons, viens, Giuseppe, dit-il à Mario.

— Emmenez c't'enfant de putain de métèque par la porte du fond, mes enfants, fit Socks Donald.

— Tout le monde en piste, hurla l'arbitre. Tout le monde en piste.

— Au revoir, Mario, dis-je.

Mario ne répondit pas. Tout s'était passé très calmement, très simplement. Ces policiers se conduisaient comme si vraiment ce genre de choses arrivait tous les jours.

de meurtre avec préméditation.

VI

Mario alla donc en prison et Mattie s'en retourna à ses vaches et à ses cochons.

[Je me rappelle combien j'étais surpris quand on arrêta Mario pour meurtre. Je ne pouvais pas le croire. C'était un des plus gentils garçons que j'eusse jamais connus. Mais c'était alors que je ne pouvais pas le croire. Maintenant je sais qu'on peut être gentil et être en même temps un assassin. Personne n'a jamais été plus gentil avec une femme que je ne l'étais avec Gloria. Ce qui vous prouve que ça veut rien dire, d'être gentil...]

Mattie fut automatiquement disqualifiée quand le médecin refusa de la laisser continuer à participer au concours. Il déclara que, si elle continuait malgré tout, il lui arriverait un accident. Elle fit un raffut du diable, m'apprit Gloria, traitant le docteur de tous les noms et refusant absolument d'abandonner. Mais elle abandonna bel et bien. Elle y était forcée. Avec cette menace suspendue sur elle.

Dès lors, Kid Kamm, son partenaire, fit équipe avec Jackie. C'était autorisé par le règlement. On pouvait faire solo pendant vingt-quatre heures, mais si, passé ce laps de temps, on n'avait pas trouvé de partenaire, on était disqualifié. Le Kid, aussi bien que Jackie, avait l'air parfaitement satisfait de la nouvelle combinaison. Jackie n'avait pas eu grand-chose à dire sur la perte de Mario. Pour elle, un partenaire était un partenaire. Mais le Kid était tout sourire. Il semblait croire qu'il avait enfin conjuré le mauvais sort.

— Ils sont capables de gagner, dit Gloria. Ils sont forts comme des mulets. Cette Jeanneton de l'Alabama a été élevée au maïs. Regarde-moi ce châssis. Je parie qu'elle tiendrait six mois.

— Je marche avec James et Ruby, dis-je.

— Après qu'ils nous ont traités comme ça ?…

— Ça n'a rien à voir. Et d'ailleurs, nous aussi nous avons notre mot à dire. Nous avons une chance de gagner, non ?

— Tu crois ?

— Ben, tu n'as pas l'air d'en être très convaincue, dis-je.

Elle secoua la tête, sans riposter.

— De plus en plus, je voudrais être morte, dit-elle.

Ça recommençait. Je pouvais parler de n'importe quoi, elle en revenait toujours à ça.

— Tu ne crois pas qu'il existe quelque chose dont je puisse parler sans que ça te rappelle que tu voudrais être morte ? demandai-je.

— Non, répondit-elle.

— Décidément, ça me dépasse…, dis-je.

Quelqu'un sur l'estrade arrêta la radio. À présent la musique avait vraiment l'air d'être de la musique. (On utilisait la radio pendant que l'orchestre n'était pas là. Ceci se passait l'après-midi. L'orchestre ne venait que le soir.)

— Mesdames et messieurs, dit Rocky au micro, j'ai l'honneur de vous annoncer que deux donateurs se sont offerts pour patronner deux couples. L'Institut de Beauté Pompadour, 415, avenue B, va patronner le couple n° 13… James et Ruby Bates. Un petit bravo pour ce joli geste à l'Institut de Beauté Pompadour, mesdames et messieurs… vous aussi, jeunes gens…

Tout le monde applaudit.

— Le deuxième couple à être patronné, dit Rocky, c'est le n° 34, Pedro Ortega et Lilian Bacon. Ils sont patronnés par le Garage Speedway. Et maintenant, un petit bravo pour le Garage Speedway, qui est situé au n° 1134 du boulevard Santa Monica.

De nouveau les applaudissements crépitèrent.

— Mesdames et messieurs, reprit Rocky, il nous faudrait d'autres gracieux donateurs pour ces splendides jeunes gens. Regardez-les, mesdames et messieurs, après deux cent quarante-deux heures de mouvement ininterrompu, ils sont frais comme des roses… un grand bravo pour ces magnifiques gosses, mesdames et messieurs…

Les applaudissements reprirent.

— Et n'oubliez pas, mesdames et messieurs, que vous avez là, à l'autre bout de la salle, le Palmarium, où vous trouverez des boissons de toutes sortes…, de la bière et des sandwiches succulents. N'oubliez pas d'aller faire un tour au Palmarium, mesdames et messieurs… Envoyez, dit-il à la radio, en tournant les boutons et remplissant de nouveau la salle de bruit.

Gloria et moi, nous nous avançâmes vers Pedro et Lilian. Pedro avait une patte amochée et boitillait. À l'entendre, il s'était fait encorner dans une course de taureaux à Mexico. Lilian était une petite brune. Elle aussi cherchait à faire du cinéma quand elle avait entendu parler du marathon de danse.

— Félicitations, dis-je.

— Ça prouve que quelqu'un s'intéresse à nous, dit Pedro.

— Du moment que ça ne pouvait pas être Metro Goldwyn Mayer, autant que ce soit un garage, dit Lilian. À part que ça me fait tout drôle que ce soit un garage qui me paie mes dessous.

— Où as-tu été chercher cette histoire de dessous ? fit Gloria. On ne te donne pas de dessous. On te donne un sweater avec le nom du garage dans le dos.

— Je te dis qu'on me donne aussi des dessous, fit Lilian.

— Eh ! Lilian, dit Rollo, l'arbitre, la femme du Garage Speedway te demande.

— La quoi ?… demanda Lilian.

— Votre donatrice, Mme Yeargan…

— Ben ça alors, fit Lilian. Pedro, j'ai l'impression que c'est toi qui vas les avoir, les dessous.

Gloria et moi nous nous dirigeâmes en marchant vers l'escalier du maître de cérémonies. Il y faisait bon, dans ce coin, l'après-midi, vers cette heure-là. Il y avait un grand triangle de soleil qui traversait la double fenêtre au-dessus du bar du Palmarium. Il ne durait qu'une dizaine de minutes, mais, pendant ces dix minutes, je me déplaçais dedans (j'étais bien obligé de remuer pour ne pas être disqualifié), le laissant me baigner tout entier. C'était la première fois que j'avais jamais apprécié le soleil. « Quand ce marathon sera terminé, me disais-je, je vais passer le restant de mes jours au soleil. Je n'aurais pas la patience d'attendre d'aller faire un film au Sahara. »

[Naturellement, il n'en est plus question, maintenant. Là où je vais, il n'y a pas de soleil.]

Je regardais le triangle de soleil se rapetisser peu à peu. Finalement il se referma complètement et se mit à grimper le long de mes jambes. Il rampait sur mon corps comme une chose vivante. Quand il atteignit mon menton, je me haussai sur la pointe des pieds, afin de garder ma tête dedans le plus longtemps possible. Je ne fermai pas les yeux. Je les tins grands ouverts, fixés droit dans le soleil. Je ne fus pas du tout aveuglé. Un instant plus tard, il avait disparu…

Je cherchai Gloria du regard. Elle était debout près de l'estrade, se balançant de côté et d'autre, en train de parler à Rocky, lequel était assis sur ses deux fesses et se balançait lui aussi. (Tout le personnel, le docteur, les infirmières, les arbitres, le maître de cérémonies, jusqu'aux garçons qui servaient la limonade, avait reçu l'ordre de remuer continuellement lorsqu'ils parlaient à un concurrent. La direction se montrait extrêmement sévère sur ce point.)

— Tu étais très drôle là-bas, debout sur la pointe des pieds, dit Gloria. Tu avais l'air d'un danseur de ballet.

— Entraîne-toi encore un peu et je te ferai faire un numéro, dit en riant Rocky.

— Ne te laisse pas mettre en boîte, dit en passant Mack Aston, du couple n° 5.

— Rocky ! appela une voix. C'était Socks Donald. Rocky descendit de l'estrade et alla le trouver.

— Je ne trouve pas ça très gentil de ta part de me charrier, dis-je à Gloria. Moi, je ne te charrie jamais.

— Ce n'est pas nécessaire, dit-elle. Je me fais charrier par un spécialiste. C'est Dieu qui me charrie... Tu sais pourquoi Socks Donald a fait venir Rocky ? Tu veux que je te tuyaute sur ce qui se passe en coulisse ?

— Quoi ?

— Tu connais le n° 6 — Freddy et la petite Manski. Sa mère va porter plainte contre lui et contre Socks. Elle s'est sauvée de chez elle.

— Je ne vois pas le rapport, dis-je.

— Si tu veux faire de la prison, va t'y frotter, dit Gloria. Elle n'a que quinze ans, à peu près. C'est fou, quand on pense qu'il y en a plein les rues qui courent en liberté, il y a des types qui ne sont vraiment pas malins.

— Pourquoi mettre ça sur le dos de Freddy. Ce n'est peut-être pas de sa faute.

— D'après la loi, c'est de sa faute, répondit Gloria. C'est ça qui compte...

Je ramenai Gloria vers l'endroit où se tenaient Socks et Rocky, tâchant de surprendre leur conversation ; mais ils parlaient trop bas. Ou plutôt, Socks parlait trop bas. Rocky se bornait à écouter, hochant la tête.

— Et tout de suite, entendis-je Socks dire. Rocky fit signe qu'il avait compris et revint sur la piste, lançant un coup d'œil complice à Gloria en passant. Il alla trouver Rollo Peters, l'appela à l'écart et, durant quelques secondes, lui chuchota quelque chose d'un air sérieux. Ensuite, Rollo le quitta, regardant autour de lui comme s'il cherchait quelqu'un et Rocky s'en retourna vers l'estrade.

— Plus que quelques minutes et nos jeunes champions vont pouvoir se retirer pour profiter d'un repos bien gagné, annonça Rocky au micro. Et pendant qu'ils auront débarrassé la piste, mesdames et messieurs, les peintres vont peindre sur le parquet le grand ovale pour le derby de ce soir. Ce soir, le derby, mesdames et messieurs, n'oubliez pas le derby. Incontestablement la chose la plus passionnante que vous ayez jamais vue — attention, les enfants, encore deux minutes avant la pause — un petit sprint, les gosses — montrez à l'honorable société que vous êtes en forme... Vous aussi, mesdames et messieurs, montrez à nos petits champions, à ces merveilleux jeunes gens, que vous êtes de cœur avec eux en marquant la cadence avec moi...

Il fit donner la radio un peu plus fort et commença à claquer des mains et à taper du pied. Le public se mit de la partie. Tout le monde montra un peu plus d'entrain, mais ce n'était pas à cause des applaudissements. C'était parce que, dans une minute ou deux, nous allions avoir la pause, après quoi on devait nous donner à manger.

Gloria me poussa du coude et je levai les yeux pour voir Rollo Peters s'avancer entre Freddy et la petite Manski. Il me sembla que la petite Manski pleurait, mais avant que Gloria et moi ayons pu la rattraper, la sirène retentit et tout le monde se rua vers le vestiaire.

Freddy était penché au-dessus de son lit et fourrait une paire de chaussures de rechange dans un petit sac à fermeture Éclair.

— J'ai appris ce qui s'est passé, dis-je. Ça m'ennuie beaucoup pour toi.

— Oh ! t'en fais donc pas, fit-il. Le plus marrant, c'est que c'est elle qui m'a pris de force... Si je peux seulement sortir du patelin avant que les flics m'emballent, après ça ira. J'ai encore de la veine que Socks ait été tuyauté.

— Où vas-tu aller ?

— Dans le Sud, je crois bien. Ça m'a toujours démangé, l'envie de voir le Mexique. Au revoir...

— Au revoir, dis-je.

Avant que quiconque eût pu s'en apercevoir, il était parti. Au moment où il s'esquiva, par la porte du fond, j'eus le temps de voir le soleil scintiller sur l'Océan. L'espace d'un instant, j'en fus tellement sidéré que j'en restai pétrifié, incapable de bouger. Je ne sais pas ce qui me surprit le plus, de voir vraiment le soleil pour la première fois depuis trois semaines ou de découvrir la porte. J'allai jusque-là, espérant que le soleil ne serait pas parti quand j'arriverais.

[La seule autre fois où j'aie été heureux à ce point, c'est un certain jour de Noël, quand j'étais tout gosse, l'année où je fus en âge de comprendre vraiment ce que Noël signifiait, lorsqu'en entrant dans la grande pièce je vis l'arbre entièrement illuminé.]

J'ouvris la porte. À l'autre bout du monde, le soleil sombrait dans l'Océan. Il était si rouge, si brillant et si chaud que je me demandai pourquoi il n'y avait pas de vapeur.

[J'ai vu une fois de la vapeur sortir de l'Océan. C'était sur la promenade devant la plage : des hommes travaillaient à quelque chose avec de la poudre. Subitement elle fit explosion et tous prirent feu. Ils coururent se jeter dans l'Océan. C'est là que j'ai vu la vapeur.]

La couleur du soleil montant en flèche avait imprégné de légers nuages, leur donnant une teinte rouge. Tout là-bas, où le soleil sombrait, l'Océan était très calme et n'avait pas l'air d'un océan du tout. C'était beau, beau, beau, beau, beau, beau. Plusieurs personnes étaient en train de pêcher du haut de la jetée, sans se soucier du coucher du soleil. C'étaient des imbéciles. « Vous avez plus besoin de ce coucher de soleil que de poisson », leur dis-je en pensée.

La porte me sauta des mains et se referma brusquement avec un bruit pareil à un coup de canon.

— T'es sourd ? me brailla une voix dans l'oreille. C'était un des soigneurs. Laisse cette porte fermée ! Tu veux te faire disqualifier ?

— Je regardais simplement le soleil se coucher, dis-je.

— T'es pas un peu piqué ? Tu devrais être en train de dormir. T'en as besoin, dit-il.

— Je n'ai pas besoin de dormir, répliquai-je. Je me sens très bien. Jamais je ne me suis senti aussi bien.

— N'empêche que t'as besoin de ton repos, dit-il. Il ne te reste plus que quelques minutes. Soulage tes pieds...

Il traversa la piste avec moi et m'accompagna jusqu'à mon lit. À présent, je me rendais compte que cela sentait plutôt mauvais dans le dortoir. Je suis très sensible aux mauvaises odeurs et je m'étonnai de n'avoir pas encore remarqué celle-là, l'odeur de trop d'hommes dans une pièce... Je défis mes chaussures à coup de pied et m'étendis sur le dos.

— Tu veux que je te masse les jambes ? demanda-t-il.

— Je me sens très bien, répondis-je. Mes jambes sont très bien.

Il marmonna quelque chose à part lui et s'en alla. Je restais couché là, songeant au coucher du soleil, essayant de me rappeler les couleurs. Je ne parle pas du rouge, je veux dire les autres teintes. À une ou deux reprises, je crus bien me les rappeler. C'était comme un nom qu'on aurait su, mais qu'on aurait oublié, dont on se rappellerait la longueur, les lettres et le rythme, sans pouvoir assembler le tout dans l'ordre exact.

À travers les montants de mon lit de camp, je sentais l'Océan palpiter tout en bas contre les pilotis. Il montait, redescendait, montait, redescendait, partait, revenait, partait, revenait…

J'étais content quand la sirène retentit, nous réveillant, nous appelant sur la piste.

… qui comporte la peine maximale prévue par la loi…

VII

Les peintres avaient terminé. Ils avaient peint sur le plancher de la salle une épaisse ligne blanche en forme d'ovale. C'était la piste du derby.

— Freddy est parti, dis-je à Gloria en l'accompagnant vers la table où l'on avait disposé les sandwiches et le café. (On appelait ça le casse-croûte. Notre vrai repas viendrait à dix heures.)

— La petite Manski aussi, dit Gloria. Deux assistantes sociales sont venues l'embarquer. Comment que sa mère va lui sonner les cloches !

— J'ai honte de l'avouer, dis-je. Mais le départ de Freddy a été le plus beau jour de ma vie.

— Qu'est-ce qu'il t'avait donc fait ? demanda-t-elle.

— Oh ! ce n'est pas ça, dis-je. Mais s'il n'était pas parti, jamais je n'aurais vu ce coucher de soleil…

— Nom d'un chien ! s'exclama Gloria. Y a donc pas autre chose que du jambon sur cette planète ?

— La maison manque de caviar pour le moment, plaisanta Mack Aston, qui faisait la queue derrière moi.

— Tenez, en v'là un au roastbeef, dit l'infirmière. Vous préférez le roastbeef ?

Gloria prit le sandwich au roastbeef, mais garda le jambon également.

— Quatre morceaux pour moi, dit-elle à Rollo qui versait le café. Et beaucoup de lait.

— Elle doit avoir un petit cheval dans le ventre, dit Mack Aston.

— Noir, dis-je à Rollo.

Gloria emporta ses victuailles du côté de l'estrade du maître de cérémonies, où les musiciens accordaient leurs instruments. En la voyant, Rocky Gravo sauta à bas de son perchoir et se mit à lui parler. Comme il n'y avait pas de place pour moi dans ce coin-là, je me dirigeai du côté opposé.

— Bonjour, fit une voix. Elle portait un grand 7 sur son dossard. Elle avait des cheveux noirs, des yeux noirs et était assez jolie. J'ignorais son nom.

— Bonjour, dis-je, en jetant un coup d'œil autour de moi pour voir qui était son partenaire. Il était en conversation avec deux femmes assises dans une loge de première.

— Comment vous en tirez-vous ? s'enquit le 7. En l'entendant, quelque chose me dit qu'elle devait avoir de l'éducation.

« Qu'est-ce qu'elle vient faire dans cette histoire ? » me demandai-je.

— Ben, mon Dieu, je crois que je ne m'en tire pas trop mal, répondis-je. Seulement, je voudrais que ce soit fini et que ce soit moi le gagnant.

— Qu'est-ce que vous feriez de l'argent, si vous gagniez ? demanda-t-elle en riant.

— Je ferais un film.

— Vous ne feriez pas grand-chose comme film avec mille dollars, j'imagine, dit-elle en mordant dans son sandwich.

— Oh ! je ne veux pas dire un grand film, lui expliquai-je. Simplement un court métrage. Je pourrais faire deux bobines avec ça, peut-être trois.

— Vous m'intéressez, dit-elle. Ça fait quinze jours que je vous observe.

— Vraiment ? fis-je, surpris.

— Oui. J'ai remarqué que vous alliez vous mettre au soleil là-bas, tous les après-midi, et j'ai vu votre visage passer par des milliers d'expressions différentes. Parfois, j'avais l'impression que vous aviez très peur de quelque chose...

— Vous devez vous tromper, dis-je. De quoi voudriez-vous que j'aie peur ?

— J'ai entendu ce que vous disiez à votre partenaire, à propos du coucher du soleil, ce soir, dit-elle en souriant.

— Si vous vouliez..., ajouta-t-elle en jetant un regard autour d'elle. Puis elle s'interrompit, regarda la pendule en fronçant les sourcils. Nous avons encore quatre minutes... Voulez-vous faire quelque chose pour moi ?

— Mais... bien sûr, dis-je.

Elle me fit un signe de tête et je la suivis derrière l'estrade du maître de cérémonie. Cette estrade avait environ un mètre de hauteur et était recouverte d'une draperie épaisse dont les plis retombaient jusqu'à terre. Nous nous trouvions seuls dans une sorte de grotte formée par le derrière de l'estrade et un tas d'enseignes et de décors. N'était le bruit, nous aurions très bien pu, elle et moi, être seuls au monde. Nous étions légèrement émus tous les deux.

— Venez, dit-elle. Elle se mit à quatre pattes, souleva la draperie et se glissa en rampant sous l'estrade. Mon cœur battait à coups précipités et le sang me quitta le visage. Sous la plante de mes pieds, je sentais l'Océan battre les piliers tout en bas...

— Viens, souffla-t-elle, en me tirant par la cheville. Subitement, je compris ce qu'elle voulait.

> [Il n'arrive jamais rien d'inédit dans la vie. Il se peut qu'il arrive quelque chose dont vous croirez que c'est entièrement nouveau, mais c'est une erreur. Il vous suffira de voir, de sentir, d'entendre ou de toucher une certaine chose et vous découvrirez que cette expérience, que vous croyiez toute nouvelle, vous est déjà arrivée. Lorsqu'elle me tira par la cheville pour m'entraîner sous l'estrade, je me souvins d'un jour où une autre fille avait fait

exactement le même geste. Seulement, là c'était sous un porche au lieu d'être sous une estrade. J'avais alors treize ou quatorze ans, et la fille à peu près le même âge. Elle s'appelait Mabel et habitait à côté de chez nous. Après l'école on jouait sous le porche d'entrée, imaginant que c'était une caverne et nous les voleurs et les prisonniers. Plus tard, on y jouait au papa et à la maman, imaginant que c'était une maison. Mais ce jour-là dont je parle, je me tenais debout contre le porche, loin de songer à Mabel et à nos jeux, quand je me sentis tirer par la cheville. Je me penchai et je la vis. « Viens », fit-elle.]

Il faisait très noir sous l'estrade, et, tandis que je rampais sur les genoux et les mains, en écarquillant les yeux pour tâcher d'y voir, le numéro 7 s'agrippa brusquement à mon cou.

— Fais vite…, chuchota-t-elle.

— Qu'est-ce qui se passe là ? gronda une voix d'homme. Il était si près que je sentis son haleine dans mes cheveux. Qui est-ce ?

C'est alors que je reconnus la voix. C'était Rocky Gravo. L'angoisse me tordit les boyaux. Le numéro 7 me lâcha le cou et se coula dehors. J'avais peur qu'en essayant de m'excuser ou de dire quelque chose, Rocky ne reconnût ma voix, alors je me roulai précipitamment jusqu'au bord du rideau. Le numéro 7 était déjà debout et s'en allait en se retournant pour me regarder. Son visage était blanc comme de la craie. Ni elle ni moi ne parlâmes. Nous nous avançâmes vers la piste avec un petit air détaché. L'infirmière rangeait nos tasses à café et nos soucoupes sales dans un panier. Je m'aperçus alors que mes mains étaient dégoûtantes de poussière. Comme il me restait encore environ deux minutes avant le coup de sifflet, je courus au vestiaire pour me nettoyer. Cela fait, je me sentis mieux.

Je revins sur la piste juste au coup de sifflet et des premières mesures de l'orchestre ; mais c'était mieux que la radio, parce qu'on n'était pas forcé d'écouter un tas d'annonceurs vous priant et vous suppliant de leur acheter quelque chose. Depuis que j'ai participé à ce marathon, j'en ai soupé pour le reste de mes jours, de la radio !

[En ce moment même, il y a un poste de radio qui marche, dans l'immeuble face à la salle du tribunal, de l'autre côté de la rue. Je l'entends très distinctement : Avez-vous des ennuis ?... Avez-vous besoin d'argent ?...]

— D'où viens-tu ? me demanda Gloria en me prenant par le bras.

— De nulle part, répondis-je.

Nous fîmes un tour de piste en dansant, puis elle s'arrêta :

— Ça ressemble un peu trop au boulot, fit-elle.

En lâchant sa taille, je m'aperçus que mes doigts étaient de nouveau sales. « C'est drôle, pensai-je. Je viens de les laver, il n'y a pas une minute. »

— Tourne-toi, dis-je à Gloria.

— Qu'est-ce qu'il y a ? demanda-t-elle.

— Tourne-toi.

Elle hésita, se mordant les lèvres, alors je passai derrière elle. Son dos était recouvert d'une épaisse couche de poussière et je savais d'où ça venait.

— Qu'est-ce qu'il y a ? dit-elle.

— Bouge pas, fis-je. Avec ma main, je brossai jusqu'à ce que j'eusse enlevé presque toute la poussière et les fils qui couvraient sa courte jupe et son chandail blanc. Elle resta silencieuse un moment.

— J'ai dû récolter ça en faisant la lutte avec Liliane au vestiaire, dit-elle finalement.

« Elle me croit plus gourde que je ne suis », pensai-je.

— Ça doit être ça, dis-je tout haut.

Rollo Peters s'amena de notre côté pendant que nous marchions autour de la piste.

— Qui est cette fille ? demandai-je en montrant du doigt le numéro 7.

— C'est Rosemary Lofter, la partenaire de Guy Duke.

— Faut vraiment pas être difficile, fit Gloria.

— J'ai simplement demandé qui c'était. Je n'ai pas le béguin.

— Pas besoin de l'avoir, répliqua Gloria. Dis-lui, Rollo.

— Je ne veux pas entrer dans ces histoires, dit Rollo en secouant la tête. Je ne sais rien sur elle.

— Qu'est-ce qu'elle a de spécial ? demandai-je à Gloria, tandis que Rollo nous quittait pour aller retrouver James et Ruby Bates.

— T'es innocent à ce point-là ? Non, sans blague ?

Elle se mit à rire en secouant la tête.

— Qu'est-ce que tu traînes, y a pas à dire !...

— C'est bon, n'en parlons plus.

— Mais voyons, cette bonne femme est la plus grande salope de toute la côte du Pacifique ! C'est une grue qu'a de l'instruction et de l'éducation, et ça c'est les pires de toutes... Même les filles ne sont pas en sécurité quand elle est dans les parages.

— Holà, Gloria ! appela Mme Layden.

Elle était assise à sa place habituelle, dans la loge de pourtour, à l'autre bout de la salle, du côté opposé à l'estrade. Gloria et moi nous avançâmes jusqu'à la balustrade.

— Comment va mon couple favori ? interrogea-t-elle.

— Très bien, répondis-je. Et vous, madame Layden ?

— Très bien aussi, dit-elle. J'ai l'intention de rester ce soir, vous voyez ? Elle désigna du doigt sa couverture et le panier contenant son dîner, sur la chaise à côté d'elle. Je serai là pour vous encourager.

— On en aura besoin, fit Gloria.

— Pourquoi ne prenez-vous pas une loge moins près du Palmarium ? demandai-je. Ça chahute pas mal au bar, dans la soirée, quand tout le monde commence à boire…

— Je suis très bien à cette place, répondit-elle en souriant. C'est ici que je veux être pour le derby. Je veux les voir prendre les virages. Voulez-vous jeter un coup d'œil sur le journal du soir ? demanda-t-elle, tirant le journal de dessous la couverture.

— Volontiers…, dis-je. Je suis curieux de savoir ce qui se passe sur terre. Quel temps il fait dehors, si le monde a beaucoup changé…

— Vous me faites marcher, dit-elle.

— Non, pas du tout… C'est simplement que j'ai l'impression d'être dans cette salle depuis plus de mille ans… Merci pour le journal, madame Layden…

En nous en allant, je dépliai le journal. D'énormes titres noirs me sautèrent à la figure :

ARRESTATION D'UN JEUNE ASSASSIN
AU MARATHON DE DANSE
LE CRIMINEL ÉVADÉ
PARTICIPAIT AU CONCOURS
DE LA JETÉE-PROMENADE

« Hier, des inspecteurs ont appréhendé un jeune meurtrier dans le marathon de danse qui se déroule actuellement dans l'établissement de la jetée-promenade de Santa Monica. Il s'agit d'un Italien, Giuseppe Lodi, âgé de vingt-six ans, qui s'est évadé de la prison de Joliet, Illinois, après avoir tiré cinq ans d'une peine de cinquante ans qui lui avait été infligée pour vol à main armée et meurtre d'un vieillard, propriétaire d'un drugstore de Chicago.

« Lodi, inscrit dans le marathon sous le pseudonyme de Mario Petrone, n'opposa pas de résistance quand il fut arrêté par les inspecteurs Blin et Voight, du Service des Vols. Les policiers, qui étaient entrés au marathon afin de chercher un moment de délassement entre les exigences du service, ont déclaré avoir reconnu Lodi d'après une photo qu'ils avaient vue dans *Le Fichier*, rubrique spéciale d'une revue policière à succès, dans laquelle paraissent les photos et le signalement des criminels particulièrement recherchés... »

— Non, mais tu te rends compte ! dis-je. J'étais là, peut-être à côté de lui, quand tout ça est arrivé. Je dois dire que je le plains, maintenant, le pauvre.

— Pourquoi ? demanda Gloria. Quelle différence y a-t-il entre lui et nous ?

Pedro Ortega, Mack Aston et quelques autres

se groupèrent autour de nous, discutant avec animation. Je tendis le journal à Gloria et continuai à marcher seul.

— Quelle vacherie ! me disais-je. Cinquante ans ! Pauvre Mario !...

> [Et quand Mario apprendra ce qui m'arrive, s'il l'apprend jamais, il pensera : « Pauvre type ! Lui qui perdait son temps à me plaindre et le voilà qui va se balancer au bout d'une corde !...]

Quand vint la pause suivante, Socks Donald avait une surprise pour nous. Tous les garçons reçurent chacun un ceinturon de cuir épais qu'ils devaient porter à la ceinture, avec, de chaque côté, de petites poignées semblables à des poignées de valise. C'était à ces poignées que nos coéquipières devaient s'accrocher dans les tournants. Tout cela me parut idiot alors, mais plus tard j'eus l'occasion de me rendre compte que Socks savait ce qu'il faisait.

— Écoutez, mes enfants, dit Socks. C'est ce soir que nous amorçons notre premier million. Il va y avoir un tas de vedettes de cinéma pour assister au derby, et la foule va où vont les vedettes. Il y aura une équipe perdante ce soir... Il y en aura une tous les soirs. Je ne veux pas qu'on vienne rouscailler après, parce que tout se passera régulièrement. Vos chances sont égales. Vous avez un peu plus de temps de pause pour mettre vos tenues et un peu plus de temps pour les retirer, et, à propos, j'ai parlé à Mario Petrone, cet après-midi. Il m'a dit de dire au revoir à tous les copains. Et maintenant, tâchez d'en mettre un coup dans le derby, les enfants, d'en donner au public pour son argent…

J'étais étonné de l'entendre parler de Mario, car la veille, quand Mario avait été arrêté, Socks avait cherché à l'assommer.

— Je croyais qu'il en voulait à Mario ? dis-je à Rollo.

— Plus maintenant, répondit Rollo. C'est le plus beau coup de veine qu'on ait jamais eu. S'il n'y avait pas eu ça, personne n'aurait jamais su qu'il y avait un marathon de danse. Cette réclame dans les journaux, c'était exactement ce qu'il nous fallait. La location n'a pas arrêté de tout l'après-midi…

… vous, Robert Syberten, serez livré…

VIII

Ce soir-là, pour la première fois depuis le début du concours, l'amphithéâtre était bondé, le palmarium était plein aussi et du bar venait un brouhaha de conversations, d'exclamations bruyantes et de gros rires.

« Rollo avait raison, me dis-je. L'arrestation de Mario a été un vrai coup de chance pour Socks, l'organisateur. »

Nous continuâmes à tourner, tous en tenue de piste, tandis que l'entraîneur et les infirmières se préparaient pour le derby.

La plupart des concurrents avaient une drôle d'allure dans leur nouvelle tenue. Je n'avais jamais vu pareil assortiment de bras et de jambes.

— Regarde, fit Gloria, en me désignant James et Ruby Bates d'un coup de tête. C'est du propre, tu ne trouves pas ?

On voyait nettement que Ruby allait avoir un bébé.

— J'avoue que c'est un peu apparent. Mais souviens-toi que ça ne te regarde pas…

— Mesdames et messieurs, dit Rocky au micro, avant que commence ce derby sensationnel, je tiens à attirer votre attention sur le règlement de la course. Étant donné le nombre de concurrents, le derby sera couru en deux éliminatoires. Quarante couples dans la première et quarante couples dans la seconde. Le deuxième derby aura lieu quelques minutes après le premier, et les participants de chaque éliminatoire seront tirés au sort à l'aide de numéros mélangés dans un chapeau.

« Le derby sera couru de cette manière pendant une semaine ; dans chaque éliminatoire, le couple qui aura fait le minimum de tours sera éliminé. Au bout d'une semaine, nous ne ferons plus qu'un seul derby. Les jeunes gens s'affronteront sur la piste durant quelques minutes, les garçons adoptant l'allure du marcheur en posant obligatoirement le talon, puis la pointe du pied à terre, et les filles courant ou trottinant à leur gré. Le gagnant ne touchera pas de prix, mais s'il y a parmi vous, mesdames et messieurs, des sportifs désireux d'encourager ces gosses en leur faisant parvenir des primes en argent, je suis sûr qu'ils apprécieront le geste.

« Vous remarquerez les lits de camp dans le quartier aménagé au centre de la piste, les infirmières et les soigneurs qui se tiennent prêts avec des tranches d'orange, des serviettes humides et des flacons de sels — ainsi que le docteur de service chargé de veiller à ce que ces jeunes gens ne poursuivent la course que s'ils sont en parfaite condition physique.

Le jeune médecin se tenait au centre du hall, le stéthoscope au cou, l'air avantageux.

— Un instant, mesdames et messieurs, permettez, fit Rocky. J'ai là un billet de dix dollars pour le gagnant du derby de ce soir, que vient de me faire parvenir une délicieuse petite vedette de l'écran ; j'ai nommé miss Ruby Keeler. Un petit bravo pour miss Keeler, mesdames et messieurs !

Ruby Keeler se leva et s'inclina sous les applaudissements.

— Voilà qui est parfait, dit Rocky. Et maintenant, mesdames et messieurs, nous avons besoin d'arbitres pour contrôler le nombre de tours parcourus par chacun des couples.

Il s'interrompit pour essuyer son visage ruisselant de sueur.

— Allons, mesdames et messieurs, un bon mouvement ; j'ai besoin de quarante arbitres, pris parmi les spectateurs. Approchez, allons, n'ayez pas peur…

Personne ne bougea durant un moment, puis la vieille Mme Layden se coula sous la balustrade et s'avança sur la piste. En passant devant Gloria et moi elle sourit et nous fit un clin d'œil.

— Elle finira peut-être par nous servir à quelque chose, dit Gloria.

— Bientôt d'autres suivirent l'exemple de Mme Layden, jusqu'à ce que les quarante arbitres eussent été désignés. Rollo leur tendit à chacun une fiche et un crayon et les installa au bord de l'estrade.

— Ça suffit, mesdames et messieurs, dit Rocky. Nous avons assez d'arbitres. Et maintenant, le tirage au sort pour le premier derby. Dans ce chapeau, il y a quatre-vingts numéros ; nous allons en sortir quarante. Le reste participera au deuxième derby. Alors, il nous faut quelqu'un pour tirer les numéros. Vous, par exemple, ma petite dame ? demanda-t-il à Mme Layden en tendant le chapeau. Mme Layden sourit et acquiesça d'un signe de tête.

— C'est un moment inoubliable pour elle, dit Gloria d'un ton sarcastique.

— Je trouve que c'est une vieille dame très charmante, dis-je.

— Des clous…, riposta Gloria.

Mme Layden commença à tirer les numéros qu'elle passait à Rocky, lequel les annonçait au micro au fur et à mesure.

— Le premier, c'est le couple n° 105, fit-il. Mettez-vous là, mes enfants. Tous les couples sortis tenez-vous ici, de ce côté de l'estrade.

Aussi vite que Mme Layden parvenait à les tirer du chapeau, Rocky les annonçait, puis les passait à un des arbitres, lequel était chargé de contrôler le nombre de tours franchis par le couple en question.

— … Couple 22, dit Rocky, en tendant le numéro à un jeune homme à lunettes.

— Viens, dis-je à Gloria. C'était notre numéro.

J'entendis Mme Layden dire à Rocky :

— J'aimerais avoir celui-là. C'est mon couple favori.

— Désolé, ma petite dame, fit Rocky. Faut les distribuer dans l'ordre…

Quand le tirage fut terminé et que nous fûmes tous réunis devant la ligne de départ, Rocky dit :

— Et maintenant, mesdames et messieurs, nous sommes presque prêts. Vous, mes enfants, rappelez-vous bien : les garçons sur les talons et la pointe des pieds. Si l'un d'entre vous, pour une raison ou une autre, est obligé d'entrer au quartier aménagé au centre, votre partenaire devra couvrir deux tours au lieu d'un… Voulez-vous leur donner le départ, miss Keeler ?

Elle fit un signe de tête et Rocky tendit le pistolet à Rollo. Il le porta à miss Keeler, qui était assise dans une loge du premier rang avec une autre jeune femme que je ne reconnus pas. Al Johnson n'était pas là.

— Parfait, et maintenant, mesdames et messieurs, tenez-vous bien, fit Rocky. Allez-y, miss Keeler…

Il abaissa le bras en la regardant.

Gloria et moi nous étions faufilés contre l'estrade, jusqu'à la ligne de départ et lorsqu'elle pressa sur la détente nous fîmes un bond en avant, poussant et bousculant les autres pour passer devant. Gloria me tenait par le bras.

— Agrippe-toi à ma ceinture, hurlai-je, tout en me débattant pour me frayer un passage. Tout le monde dégringolait et se marchait dessus, en essayant de passer devant... Mais, en un instant, nous nous dégageâmes et commençâmes à marteler le plancher de la piste. Je faisais de telles enjambées que Gloria était forcée de courir pour se tenir à ma hauteur.

— Les talons et la pointe des pieds, là-bas, cria Rollo. Vous courez.

— Je fais ce que je peux, dis-je.

— Talon et pointe des pieds, fit-il. Comme ça.

Il se mit devant moi pour illustrer sa méthode. Je n'eus aucun mal à apprendre. Le truc était de bien synchroniser les mouvements des bras et des jambes. Ce me fut facile comme tout de comprendre. Cela me vint tout naturellement, à ce qu'il me parut. J'étais tellement candide que je crus un moment que j'avais déjà dû faire du talon-pointe des pieds auparavant. Je fus incapable de me rappeler quand, donc de toute évidence je n'en avais jamais fait. J'ai une mémoire étonnante...

Et nous tournions, nous tournions sans arrêt...

Au bout d'à peu près cinq minutes, nous avions pris pas mal d'avance, quand je sentis Gloria cesser de se propulser en avant ; c'est-à-dire qu'elle avait cessé d'avancer par ses propres moyens. C'est moi qui la traînais. J'avais l'impression qu'elle essayait de me faire rentrer ma ceinture dans le ventre.

— Trop vite ? demandai-je en ralentissant.

— Oui, répondit-elle, presque hors d'haleine.

Une des infirmières me plaqua une serviette humide sur la nuque avec une telle violence que je faillis perdre l'équilibre.

— Passe-toi-la sur la figure, dis-je à Gloria...

Juste à ce moment, le couple n° 35 vint nous couper de biais, afin de prendre le tournant à la corde devant nous. L'allure fut trop rapide pour la fille. Elle commença à tituber, lâchant peu à peu sa ceinture.

— Attention !... criai-je.

Mais l'avertissement venait trop tard pour être d'aucune utilité. Gloria trébucha sur le corps, m'entraînant avec elle, et avant d'avoir pu réaliser ce qui arrivait, quatre ou cinq couples s'empilaient par terre les uns sur les autres et se débattaient à qui mieux mieux pour se relever. Rocky dit quelque chose au micro et la foule haleta.

Je me remis debout, je n'avais rien, mais aux brûlures que je ressentais, je savais que toute la peau de mes genoux était partie. Les infirmières et les soigneurs se précipitèrent et commencèrent à tirer les filles hors de la piste, puis elles portèrent Gloria et Ruby sur les lits de camp du quartier.

— Rien de grave, mesdames et messieurs, annonça Rocky ; une petite gaufre, c'est tout… Toujours du nouveau, toujours de l'inédit dans le derby… Pendant que les filles sont au quartier, leurs partenaires devront franchir deux tours pour qu'il y en ait un de porté au compte de l'équipe. Allons, les enfants, laissez passer les solos à la corde…

Je me mis à marcher à toute vitesse afin de ne pas perdre notre position dans la course. À présent que Gloria n'était plus pendue à ma ceinture, je me sentais léger comme une plume. Une infirmière et un soigneur commencèrent à s'occuper d'elle, tandis que le docteur écoutait les battements de son cœur avec son stéthoscope.

L'infirmière lui tenait un flacon de sels sous le nez et le soigneur lui massait les jambes. Un autre soigneur et une autre infirmière s'occupaient de Ruby. Je fis quatre tours avant que Gloria ne se remît en piste. Elle était très pâle.

— Tu pourras tenir ? demandai-je en ralentissant.

Elle hocha la tête en signe d'assentiment. Les gens applaudissaient et tapaient des pieds, et Rocky disait des choses au micro… Ruby revint dans la course, l'air vannée elle aussi.

— Vous affolez pas, me dit Rollo en s'approchant de moi. Vous n'êtes pas en danger.

À ce moment, je ressentis dans la jambe gauche une douleur aiguë qui me perfora tout le corps et manqua me faire sauter le couvercle de la tête.

— Bon sang, me dis-je, je suis paralysé !

— Détends ta jambe, donne un coup de pied dans le vide, fit Rollo.

Je fus incapable de plier la jambe. Rien à faire. Elle était raide comme un bout de bois. Chaque fois que je faisais un pas, la douleur me défonçait le crâne.

— Le couple 22 est pris de crampe, dit Rollo dans le micro. Tenez-vous prêts, les soigneurs…

— Détends ta jambe, fit Rollo.

Je donnai un coup de pied sur le plancher, mais la douleur s'accentua encore.

— Détends ta jambe, détends ta jambe !

— Espèce d'emmerdeur, dis-je, ma jambe me fait mal…

Deux des soigneurs m'attrapèrent chacun par un bras et me conduisirent à l'infirmerie.

— Voyez la vaillante petite 22, annonça Rocky. Gloria Beattie. La brave petite gosse ! Elle fait un solo pendant que son partenaire est au quartier avec une crampe… Voyez comme elle brûle la piste… Laissez-la passer à la corde, les enfants…

Un des soigneurs me tenait par les épaules,

tandis que l'autre faisait travailler ma jambe, tout en me donnant des petits coups de poing sur le muscle.

— Ça fait mal..., dis-je.

— Allons, allons, fit le soigneur qui me tenait par les épaules. Ça t'est jamais arrivé, ce truc-là ?

C'est alors que je sentis une brusque détente dans ma jambe, et la douleur disparut au même instant.

— Ça gaze, dit le soigneur.

Je me levai, plein d'allant, et rentrai en piste ; je restai planté là en attendant Gloria. Elle était juste en face de l'autre côté, trottinant, hochant et baissant automatiquement la tête à chaque pas. J'étais forcé d'attendre qu'elle arrive à ma hauteur. (Le règlement voulait qu'on rentre en piste à l'endroit où on en était sorti.) Comme Gloria approchait, je démarrai, et peu d'instants après elle était de nouveau pendue à ma ceinture...

— Plus que deux minutes, annonça Rocky. Un petit bravo d'encouragement, mesdames et messieurs. Ils commencèrent à applaudir et à taper des pieds beaucoup plus fort qu'auparavant.

D'autres couples nous dépassèrent en prenant le sprint, alors je mis un peu plus de pression. Je pensais bien que Gloria et moi n'étions pas en queue, mais nous étions allés tous les deux au quartier et je ne voulais pas risquer de nous faire éliminer. Quand retentit le coup de l'arrivée, la moitié des équipes s'écroulèrent. Je me tournai vers Gloria et m'aperçus que ses yeux étaient vitreux. Je sentis qu'elle allait s'évanouir.

— Eh !... hurlai-je à une des infirmières, mais, juste à ce moment, Gloria s'affaissa et je dus la soutenir moi-même. Je fus tout juste capable de la porter au centre. Eh ! criai-je à l'adresse d'un des soigneurs. Docteur !...

Personne ne fit attention à moi. Ils avaient trop à faire à ramasser les corps. Toute la salle était debout et hurlait frénétiquement...

Je passai une serviette humide sur la figure de Gloria. Mme Layden apparut subitement à côté de moi et prit un flacon de sels sur la table à côté du lit.

— Allez à votre vestiaire, fit-elle. Gloria sera sur pied d'ici une minute. Elle n'est pas encore habituée à un effort pareil.

... Je me trouvais sur un bateau faisant route vers Port-Saïd. J'allais tourner un film au Sahara. J'étais célèbre et j'avais beaucoup d'argent. J'étais le plus grand metteur en scène du monde. Plus grand même que Serge Eisenstein. Les critiques de *Vanity Fair* et d'*Esquire* s'accordaient même pour dire que j'avais du génie. Tout en arpentant le pont, je songeais à ce marathon de danse auquel j'avais participé dans le temps, me demandant ce qu'étaient devenus tous ces garçons et ces filles quand, brusquement, je reçus un coup terrible sur la tête et je me sentis tourner de l'œil. Je tombais, je tombais…

Aussitôt que j'eus touché l'eau, je commençai à me débattre comme un beau diable, car j'avais peur des requins. Quelque chose me frôla et je hurlai de frayeur…

Je me réveillai nageant dans une eau glacée. Instantanément je réalisai où je me trouvais. « J'ai eu un cauchemar », me dis-je. La chose qui m'avait frôlé était un bloc de glace de cent livres. J'étais dans le petit bassin du vestiaire. Tout habillé, en tenue de piste, j'escaladai le bord du bassin en grelottant, et l'un des soigneurs me tendit une serviette.

Deux autres soigneurs entrèrent, portant un concurrent évanoui. C'était Pedro Ortega. Ils le portèrent jusqu'au bassin et le balancèrent dedans

— C'est ce qui m'est arrivé ? demandai-je.

— Tout juste, répondit le soigneur. T'es tombé dans les pommes juste au moment où tu sortais de la piste.

Pedro marmonna quelque chose en espagnol et éclaboussa de l'eau partout en se débattant pour sortir. Le soigneur s'esclaffa.

— Faut reconnaître que Socks savait ce qu'il faisait quand il a fait transporter ce bassin ici, dit-il.

— Rien de tel que l'eau glacée pour les secouer. Enlève-moi cette culotte et ces souliers ; ils sont pleins de flotte…

… par le shérif du comté
de Los Angeles,
au directeur de la prison d'État…

IX

HEURES ÉCOULÉES : 752

COUPLES RESTANT EN COURSE : 26

Les derbys les nettoyaient les uns après les autres. Cinquante et quelques couples avaient été éliminés en quinze jours. Gloria et moi avions bien failli y rester une ou deux fois, il s'en était même fallu d'un cheveu, mais nous avions tout de même réussi à nous accrocher. Par la suite, quand nous eûmes changé de technique, nous n'eûmes plus d'ennuis ; nous ne cherchions plus à gagner, la place importait peu, il s'agissait uniquement de ne pas finir derniers.

Par ailleurs, nous avions nous aussi un donateur : la Bière Jonathan. La Bière qui ne fait pas engraisser. C'était arrivé juste à temps. Nos chaussures étaient élimées et nos vêtements en lambeaux. Mme Layden avait arrangé l'affaire avec la Bière Jonathan.

[Arrangez cela avec St Pierre, pour moi, madame Layden. Je crois que j'y vais tout droit.]

Ils nous donnèrent, à Gloria et à moi, trois paires de chaussures, trois pantalons de flanelle grise et trois sweaters portant au dos la réclame de leur produit.

J'avais engraissé de cinq livres depuis le début du concours et je commençais à croire que nous avions peut-être une chance de gagner le fameux prix de mille dollars, après tout. Mais Gloria était très pessimiste.

— Qu'est-ce que tu vas faire quand ça sera fini ? demanda-t-elle.

— À quoi bon se tracasser à l'avance ? dis-je. Ce n'est pas encore fini. Je ne vois pas ce que tu as à te lamenter. On est bien partis, mieux qu'on n'a jamais été... au moins on est sûrs de ne pas crever de faim.

— Je voudrais être morte, fit-elle. Je voudrais que Dieu me foudroie à l'instant.

Elle n'arrêtait pas de me seriner cette même rengaine. Elle commençait à me porter sur les nerfs.

— Un de ces jours, Dieu va te prendre au mot, dis-je.

— Je voudrais qu'Il le fasse... Si seulement j'avais le courage de le faire à Sa place...

— Si on gagne ce truc, tu pourras prendre tes cinq cents dollars et t'installer quelque part, dis-je. Tu pourras te marier. Il y a toujours un tas de types qui ne demandent qu'à se marier. Tu n'as jamais pensé à ça ?

— J'y ai pensé plus d'une fois, répondit-elle. Mais jamais je ne pourrai épouser le genre d'homme qui me plairait. Ceux qui voudraient de moi seraient juste ceux qui ne me plairaient pas, un voleur ou un maquereau, ou autre chose…

— Je ne vois pas ce qui peut te rendre si morbide, dis-je. Tu vas aller mieux dans quarante-huit heures. À ce moment-là, tu verras les choses autrement.

— Ça n'a pas de rapport avec ce que tu penses ! fit-elle. Ça ne me donne pas la migraine. Non, ce n'est pas ça. Tout ce bisenesse c'est un manège de chevaux de bois. Quand on va s'en aller, on en sera exactement au même point qu'avant.

— On a mangé et dormi, dis-je.

— Et après, à quoi ça t'avance, puisque tu ne fais que retarder quelque chose qui est forcé d'arriver ? demanda-t-elle…

— Eh, la Bière Jonathan ! appela Rocky Gravo. Venez voir ici…

Il se tenait près de l'estrade, aux côtés de Socks Donald. Je m'approchai avec Gloria.

— Dites donc, les enfants, qu'est-ce que vous diriez d'un petit extra de cent dollars ? fit Rocky.

— En faisant quoi ? demanda Gloria.

— Eh ben, les gosses, fit Socks, il m'est venu une idée épatante ; seulement, voilà, j'ai besoin d'un petit coup de main…

— Mettez-la en musique et n'en parlons plus, fit Gloria.

— Comment ? dit Socks.

— Rien… Vous disiez que vous aviez besoin d'un petit coup de main ?

— Je voudrais vous voir vous marier tous les deux ici, mes enfants. Un mariage public.

— Nous marier ? fis-je.

— Minute, vous affolez pas, dit Socks. Ça n'a rien de tragique. Je vous donne cinquante dollars par tête de pipe et après le marathon vous pourrez divorcer si ça vous chante. Pas nécessaire que ce soit permanent. S'agit simplement d'un truc spectaculaire. Qu'en dites-vous ?

— Je dis que vous êtes cinglé, fit Gloria.

— Elle ne veut pas dire ça, monsieur Donald…, fis-je.

— Et comment que je le veux ! riposta Gloria. J'ai rien contre le mariage, dit-elle à Socks, mais tant qu'à faire, vous pourriez me dégotter un Gary Cooper ou un gros producteur, ou bien un metteur en scène. Je ne veux pas épouser ce gars-là. J'ai déjà assez de mal à m'en tirer toute seule.

— Ça n'a pas besoin d'être permanent, dit Rocky. C'est simplement un truc spectaculaire.

— Exactement, reprit Socks. Naturellement, la cérémonie, faut que ce soit régulier — faut ça pour attirer les clients — mais...

— Vous n'avez pas besoin d'un mariage pour attirer les clients, interrompit Gloria. Vous allez bientôt être obligé de les mettre dans les lustres, si ça continue. Ça leur suffit pas comme spectacle, de voir ces pauvres minables se ratatiner tous les soirs sur la piste ?

— Vous ne voyez pas mon point de vue, dit Socks.

— Et comment que je le vois, répondit Gloria. Je vois même beaucoup plus loin que vous.

— Vous voulez faire du cinéma, eh bien ! voilà une occasion. J'ai déjà goupillé le truc avec un tas de maisons de commerce qui vous fourniront votre robe de mariée, vos souliers, et un institut de beauté pour bien vous arranger ; il y aura une flopée de metteurs en scène et de superviseurs dans la salle et tous n'auront d'yeux que pour vous. Qu'est-ce que t'en dis, p'tit ? me demanda-t-il.

— J'ne sais pas trop, dis-je, ne voulant pas l'irriter.

Après tout, c'était notre organisateur. Je savais que si on se le mettait à dos, on pouvait se considérer comme disqualifiés.

— Il dit non, fit Gloria.

— C'est elle qui pense pour lui, dit Rocky, sarcastique.

— Très bien, conclut Socks en haussant les épaules. Si vous ne savez pas quoi faire de cent dollars, y a là d'autres gosses qui seront bien contents de les prendre. En tout cas, me dit-il, t'y auras toujours gagné de savoir qui porte la culotte chez toi.

Rocky et lui s'esclaffèrent.

— Pas moyen que tu sois un peu aimable, hein ? dis-je à Gloria lorsque nous fûmes éloignés. Nous allons nous retrouver sur le pavé d'un moment à l'autre, maintenant.

— Autant que ça arrive aujourd'hui que demain, fit-elle.

— Jamais encore rencontré quelqu'un d'aussi lugubre que toi, dis-je. Par moments, je me dis que tu serais beaucoup mieux morte.

— Je le sais, fit-elle.

En repassant près de l'estrade, je vis Socks et Rocky en conversation animée avec Lee Lowell et Mary Hawley, le couple 71.

— L'impression que Socks est en train de leur vendre sa salade, dit Gloria. Ce grand cheval de Hawley est bête à manger du foin…

James et Ruby Bates nous rejoignirent et nous nous avançâmes tous les quatre de front. Nous nous étions réconciliés depuis que Gloria avait renoncé à essayer de persuader Ruby de se faire avorter.

— Socks vous a proposé le coup du mariage ? demanda Ruby.

— Oui, dis-je. Comment le saviez-vous ?

— Il l'a proposé à tout le monde.

— Nous l'avons envoyé rebondir, dit Gloria.

— Un mariage public, c'est pas tellement désagréable, dit Ruby.

— Nous nous sommes mariés comme ça…

— Vraiment ? fis-je, surpris.

James et Ruby avaient l'air si dignes et si tranquilles et tellement amoureux l'un de l'autre que je n'arrivais pas à m'imaginer qu'ils avaient pu se marier au cours d'une cérémonie de ce genre.

— Nous nous sommes mariés pendant un marathon de danse dans l'Oklahoma, continua-t-elle. Ça nous a rapporté à peu près trois cents dollars de camelote en plus…

— Son vieux nous a filé un coup de flingue en guise de cadeau de mariage, fit James en riant.

Soudain, une fille poussa un hurlement derrière nous. Nous nous retournâmes. C'était Liliane Bacon, la partenaire de Pedro Ortega. Elle marchait à reculons, cherchant à lui échapper. Pedro la rattrapa et lui lança un violent coup de poing dans la figure. Elle s'assit sur le plancher et se remit à crier. Pedro l'empoigna par le cou des deux mains et se mit doucement à l'étrangler en essayant de la remettre debout. Il avait le faciès tourmenté d'un fou furieux. On sentait qu'il cherchait à la tuer.

Tout le monde se précipita sur lui en même temps. Il en résulta une grande confusion.

James et moi nous fûmes les premiers à lui bondir dessus. Nous détachâmes ses mains de la gorge de Liliane. Elle était assise sur le parquet, le corps rigide, les bras en arrière, la tête renversée, la bouche ouverte — comme un patient dans le fauteuil d'un dentiste.

Pedro marmonnait quelque chose à part lui et ne parut reconnaître aucun de nous. Quand James le poussa, il recula en trébuchant. Je pris Liliane sous les aisselles et l'aidai à se relever. Elle tremblait comme une danseuse de shimmy.

Socks et Rocky s'amenèrent en courant et empoignèrent Pedro chacun par un bras.

— T'es pas un peu sonné ? rugit Socks.

Pedro le regarda, remua les lèvres, mais ne dit rien. Mais lorsqu'il vit Rocky, son visage changea et prit une expression de haine féroce. Il se dégagea subitement en tordant ses bras et fit un pas en arrière en fouillant dans sa poche.

— Attention ! cria quelqu'un.

Pedro fonça, un couteau à la main. Rocky tenta d'esquiver, mais le geste fut si rapide qu'il était perdu d'avance. Le couteau lui laboura le bras gauche à cinq centimètres de l'épaule. Pedro se détourna pour recommencer, mais, sans lui en laisser le temps, Socks lui donna un coup de sa matraque en cuir derrière le crâne. Le « ploc » résonna parmi le charivari de la radio. Cela fit exactement le même bruit qu'un coup d'ongle sonnant sur une pastèque. Pedro resta figé, avec un sourire imbécile, et Socks le frappa de nouveau avec sa matraque.

Pedro laissa retomber les bras et le couteau tomba sur le parquet. Pedro vacilla une seconde, puis s'écroula.

— Emmenez-le, dit Socks en ramassant le couteau.

James Bates, Mack Aston et Lee Lowell soulevèrent Pedro et le transportèrent au vestiaire.

— Restez assis, mesdames et messieurs, dit Socks au public. Je vous en prie.

Je me tenais derrière Liliane et l'entourais de mes bras.

— Qu'est-ce qui s'est passé ? interrogea Socks.

— Il m'a accusée de le doubler, dit-elle. Alors, il m'a frappée et a commencé à m'étrangler.

— Allons, les enfants, dit Socks. Faites comme s'il ne s'était rien passé. Eh ! l'infirmière, conduisez cette petite au vestiaire !

Socks fit un signe à Rollo qui se tenait sur l'estrade et la sirène retentit, annonçant la pause. Elle était en avance de quelques minutes. L'infirmière me prit Liliane des bras et toutes les filles se rassemblèrent autour d'elles et les accompagnèrent au vestiaire.

En m'en allant, j'entendis Rollo faire au public une quelconque déclaration par le truchement du haut-parleur.

Rocky avait ôté son veston et sa chemise et se trouvait devant la cuvette des lavabos, se tamponnant l'épaule avec une poignée de serviettes en papier. Le sang ruisselait le long de son bras et gouttait de ses doigts.

— Tu ferais bien de voir le docteur, dit Socks. Nom de Dieu ! Où est-il, ce docteur de malheur ? beugla-t-il.

— Voilà, fit le docteur qui sortait des cabinets.

— Regardez un peu ce qu'il a.

Pedro était étendu à terre, tandis que Mack Aston lui triturait le ventre à la façon d'un maître baigneur en train de ressusciter un noyé.

— Gare là-dessous, dit Lee Lowel en s'amenant avec un plein seau d'eau. Mack se recula et Lee aspergea le visage de Pedro. Cela n'eut aucun effet. Il restait étendu comme une souche.

James Bates apporta un autre seau d'eau et le doucha de nouveau. Alors Pedro commença à donner signe de vie. Il remua et ouvrit les yeux.

— Le voilà qui sort du coma, dit Lee Lowell.

— Je ferais bien de conduire Rocky à l'hôpital dans ma voiture, fit le docteur en ôtant son veston. La coupure est profonde..., presque jusqu'à l'os. Faudra la faire suturer. Qui a fait cela ?

— C'est ce cochon-là, dit Socks en désignant Pedro du bout de son pied.

— Il a dû se servir d'un rasoir, dit le docteur.

— Tenez, fit Socks en lui tendant le couteau. Socks tenait toujours la matraque en cuir dans son autre main, la courroie passée autour du poignet.

— C'est pareil, dit le docteur en rendant le couteau.

Pedro se redressa et se mit à se frotter le menton l'air hébété.

« C'est pas ta mâchoire, voulais-je lui dire : c'était derrière le crâne… »

— Partons, bon sang ! fit Rocky au docteur. Je saigne comme un cochon qu'on vient de piquer. Et toi, fils de garce, dit-il à Pedro, je vais déposer une plainte contre toi.

Pedro le regarda d'un air féroce, sans rien dire.

— Tu ne déposeras rien du tout, dit Socks. On a déjà assez de mal comme ça à rester ouvert. La prochaine fois, fais attention avec qui tu fraies.

— Je ne frayais avec personne, répondit Rocky.

— Passe la main, fit Socks. Emmenez-le par la porte du fond, dit-il au docteur.

— Allons-y, Rocky, fit le docteur.

Le pansement provisoire qui lui entourait le bras était déjà complètement imbibé. Le docteur lui mit son veston sur les épaules et ils s'en allèrent.

— Tu cherches à bousiller le marathon ? fit Socks, reportant toute son attention sur Pedro.

T'aurais pas pu attendre que ce soit fini pour l'entreprendre ?…

— Je voulais lui couper le cou, dit posément Pedro en détachant chaque syllabe. Il a débauché ma fiancée.

— Pour débaucher ta fiancée ici, faudrait être magicien. Il n'y a pas d'endroit où débaucher qui que ce soit.

« Moi, j'en connais un », me dis-je.

Rollo Peters s'avança dans le vestiaire.

— Dites donc, les gars, vous devriez être en train de roupiller, fit-il. Où est Rocky ? ajouta-t-il en le cherchant du regard.

— Le toubib l'a mené à l'hostau, lui dit Socks. Comment sont-ils, là-bas ?

— Ils se sont calmés. Je leur ai dit qu'on répétait un numéro de music-hall. Qu'est-ce qui s'est passé avec Rocky ?

— Pas grand-chose, dit Socks. Il a simplement failli se faire enlever un bras par c't'espèce de tête de lard à l'huile d'olive, c'est tout. Il lui tendit le couteau de Pedro. Tiens, prends ça et fous-le en l'air. Et tiens le micro jusqu'à ce qu'on soit fixé au sujet de Rocky.

Pedro se remit debout.

— Je suis désolé que ce soit arrivé devant le public, dit-il, je suis vraiment navré. Je suis très vif de caractère.

— Oh ! ça aurait pu se passer plus mal, dit Socks. Ça aurait pu arriver le soir, devant une salle pleine. Comment va ta tête ?

— Ça fait mal, dit Pedro. Je suis vraiment désolé que tout ça soit arrivé. Je voulais gagner les mille dollars…

— T'as encore une chance, fit Socks.

— Comment ? Je ne suis pas disqualifié ? Vous ne m'en voulez pas ?

— Je ne t'en veux pas, dit Socks en laissant retomber la matraque dans sa poche.

… lequel sera chargé…

X

HEURES ÉCOULÉES : 783
COUPLES RESTANT EN COURSE : 26

— Mesdames et messieurs, annonça Rocky, avant que commence le derby, la direction m'a chargé de vous dire qu'un mariage aura lieu ici dans huit jours à compter de ce soir — un vrai mariage, un mariage *bonafide*, ici même, sur la piste, entre les partenaires du couple n° 71, Lee Lowell et Mary Hawley. Approchez, Lee et Mary, afin que le public voie quel joli petit couple vous faites...

Lee et Mary, en tenue de piste, s'avancèrent au centre de la salle, saluant sous les applaudissements. La salle était de nouveau pleine à craquer.

— ... À condition, poursuivit Rocky, qu'ils ne soient pas d'ici là éliminés dans le derby. Espérons que non, en tout cas. Ce mariage public est dans la ligne de la maison qui tient à ne vous offrir que des distractions de qualité…

Mme Layden me tira par le bras de mon chandail.

— Qu'est-ce qui est arrivé au bras de Rocky ? chuchota-t-elle.

On se rendait compte que Rocky devait avoir eu un accident quelconque. Il avait le bras droit normalement passé dans sa manche, mais son bras gauche était en écharpe et, de ce côté-là, il portait sa veste à la façon d'une cape.

— Il se l'est foulé…, dis-je.

— On ne lui a fait que neuf points de suture, dit à mi-voix Gloria.

— C'est pourquoi il n'était pas là, hier soir, dit Mme Layden. Il lui est arrivé un accident ?

— Oui, m'd'me.

— Il est tombé.

— Oui, m'd'me, je crois…

« … vous présenter une de nos ravissantes vedettes de l'écran, miss Mary Brian. Si vous voulez saluer, miss Brian. »

Miss Brian salua. Le public applaudit.

« … et un de nos plus remarquables comédiens, M. Charley Chase… »

De nouveaux applaudissements éclatèrent quand Charley Chase se leva d'une place de loge et salua.

— J'ai horreur de ces présentations, fit Gloria.

— Si c'était toi qu'on présentait, tu trouverais ça très bien, tu ne crois pas ? dis-je.

— Bonne chance..., dit Mme Layden quand nous nous en allâmes en direction de l'estrade.

— J'en ai marre de tout ça, fit Gloria. J'en ai marre de voir des vedettes, et j'en ai marre de faire sans arrêt et sans arrêt la même chose...

— Il y a des moments où je regrette de t'avoir rencontrée, dis-je. Ça m'ennuie d'avoir à dire une chose pareille, mais c'est la vérité. Avant de te connaître, je ne savais pas ce que c'était que de fréquenter des gens qui broient du noir

Nous nous entassâmes derrière la ligne de départ avec les autres couples.

— Je suis lasse de vivre, et j'ai peur de mourir*, dit Gloria.

— Dis donc, c'est une idée épatante pour une chanson, fit James Bates, qui l'avait entendue. Tu pourrais écrire une chanson à propos d'un vieux nègre sur les docks, qui serait las de vivre et qui aurait peur de mourir. Il pourrait charger des balles de coton et chanter une chanson sur le Mississippi. Tiens, au fait, c'est un bon titre, tu pourrais appeler ça *Old Man River*.

Gloria le fusilla du regard, en levant le nez d'un air supérieur :

— Eh là, dites-moi, cria Rocky à Mme Layden

* Vers célèbres de la chanson nègre *Old Man River : I'm tired of living, and 'fraid of dying.*

qui venait d'arriver près de l'estrade. Mesdames et messieurs, dit-il au micro, je tiens à vous présenter la championne du monde des amateurs de marathon, une spectatrice qui n'a pas manqué une seule soirée depuis le début de cette épreuve. Je vous présente Mme Layden, à qui la direction est heureuse d'offrir une carte d'entrée gratuite pour la saison, valable n'importe quand..., valable tout le temps...

« Un petit bravo pour Mme Layden, mesdames et messieurs, si vous voulez saluer Mme Layden. »

Mme Layden hésita un instant, complètement démontée, ne sachant pas exactement ce qu'elle devait dire ou faire. Mais comme le public applaudissait, elle fit deux ou trois pas en avant, saluant gauchement. On se rendait compte que c'était là une des plus grandes surprises de sa vie.

— Tous les amateurs du championnat de danse qui sont ici en ce moment la connaissent bien, continua Rocky. Elle est arbitre dans le derby, tous les soirs — sans elle, il n'y aurait pas de derby. Que pensez-vous du marathon de danse, madame Layden ? demanda-t-il en s'accroupissant et en avançant le micro à sa portée.

— Elle a horreur de ça, fit Gloria à mi-voix. Elle ne viendrait pas en voir un pour tout l'or du monde, espèce de sale crétin !

— Ça me plaît beaucoup, répondit Mme Layden. Elle avait un tel trac que c'est à peine si elle pouvait articuler.

— Quel est votre couple favori, madame Layden ?

— Mon couple favori est le n° 22, Robert Syberten et Gloria Beattie.

— Son couple favori est le n° 22, mesdames et messieurs, patronné par la Bière Jonathan — la Bière qui ne fait pas engraisser. Vous faites des vœux pour qu'ils gagnent, alors, madame Layden ?

— Ça oui, si j'étais plus jeune, j'y serais moi-même dans le marathon.

— C'est parfait, merci infiniment, madame Layden, dit Rocky.

— Très bien, et maintenant, j'ai le plaisir de vous offrir une carte d'entrée pour la saison, madame Layden — un cadeau de la direction. Vous pouvez entrer quand vous voudrez, sans payer.

Mme Layden prit la carte. Elle était à ce point écrasée de reconnaissance et d'émotion qu'elle souriait, pleurait et hochait la tête, tout en même temps.

— Encore un grand jour de sa vie, dit Gloria d'un ton sarcastique.

— La ferme ! dis-je.

— Parfait ! Les arbitres sont prêts ? demanda Rocky en se relevant.

— Tous prêts, répondit Rollo, conduisant Mme Layden jusqu'à sa place dans la rangée des fauteuils réservés aux arbitres.

— Mesdames et messieurs, annonça Rocky, la plupart d'entre vous sont déjà au courant des détails et du règlement du derby, mais pour ceux qui assistent ce soir à leur premier concours de ce genre, je vais donner quelques explications qui les aideront à comprendre ce qui se passe. Les jeunes gens font une course autour de la piste pendant un quart d'heure, les garçons utilisant la marche talon-pointe de pied, les filles courant ou trottinant à volonté. Si, pour une raison quelconque, l'un d'eux va au quartier — le quartier est l'espace réservé du centre de la piste, où sont les couchettes — si, pour une raison quelconque, l'un d'eux doit aller au centre, le partenaire devra faire deux tours pour en marquer un. C'est bien compris ?

— Assez de salades, démarrez ! hurla quelqu'un dans l'assistance.

— Les infirmières et les soigneurs sont là ? Le docteur se tient prêt ? Parfait ! Il se baissa et tendit à Rollo le pistolet du starter. Voulez-vous avoir l'obligeance de donner le départ à ces jeunes gens, miss Delmas ? demanda Rocky au micro. Mesdames et messieurs, miss Delmas est une romancière célèbre à Hollywood.

Rollo prit le pistolet et le porta à miss Delmas.

— Attention, cramponnez-vous, mesdames et messieurs, cria Rocky. Attention, l'orchestre..., préparez-vous à envoyer ! Quand vous voudrez, miss Delmas ?

Elle tira un coup de pistolet, et nous démarrâmes.

Gloria et moi, nous laissâmes les chevaux de course mener le train. Nous ne faisions aucun effort pour passer devant. Notre méthode consistait à adopter une cadence régulière et à nous y tenir. Il n'y avait pas de primes en argent, ce soir. Même s'il y en avait eu, cela n'aurait rien changé pour nous…

Les spectateurs, avides de sensations fortes, applaudissaient et tapaient des pieds, mais, ce soir-là, ils en furent pour leurs frais. À part qu'une fille, Ruby Bates, dut aller au quartier, et pour deux tours seulement. Et, pour la première fois depuis des semaines, personne ne s'effondra à la fin de la course.

Mais il était arrivé quelque chose qui me faisait peur. Gloria avait tiré sur ma ceinture plus longtemps et plus fort qu'elle ne l'avait encore jamais fait. Pendant les cinq dernières minutes du derby, il semblait qu'elle n'eût plus la moindre énergie en elle. Je l'avais pour ainsi dire traînée autour de la piste. J'avais l'impression que nous avions bien failli être éliminés nous aussi.

[Il s'en était fallu d'un rien. Plus tard, ce soir-là, Mme Layden m'apprit qu'elle avait parlé à l'homme qui nous avait contrôlés. Nous n'avions fait que deux tours de plus que les perdants. Cela me glaça. À partir de ce moment, je me résolus à abandonner ma méthode et à mettre de l'avance.]

Les perdants étaient Basil Gerard et Geneva Tomkin, le couple n° 16. Ils se trouvaient automatiquement disqualifiés. Je savais que Geneva était contente que cela fût fini. Maintenant, elle allait pouvoir épouser le capitaine de ce bateau qui faisait la pêche au vif et qu'elle avait connu durant la première semaine du concours.

Geneva revint sur la piste pendant que nous étions en train de manger. Elle portait une robe de ville et tenait une petite valise à la main.

— Mesdames et messieurs, dit Rocky au micro, voici la courageuse et charmante petite concurrente qui a été éliminée ce soir. N'est-ce pas qu'elle est mignonne ? Un petit bravo, mesdames et messieurs.

Le public applaudit et Geneva salua de côté et d'autre en se dirigeant vers l'estrade.

— Voilà un bel exemple d'esprit sportif, mesdames et messieurs ; avec son partenaire, elle vient de perdre un derby âprement disputé, mais elle a le sourire quand même. Je vais vous révéler un petit secret, mesdames et messieurs. Il approcha son visage tout près du micro et, dans un chuchotement qui résonna dans toute la salle, il dit : Elle est amoureuse, elle va se marier.

Parfaitement, mesdames et messieurs, ce bon vieux marathon de danse est le dernier refuge des amoureux romanesques, car Geneva épouse un homme qu'elle a rencontré ici même, dans cet établissement. Est-ce qu'il est dans la salle, Geneva ? Il est là ?

Geneva fit un signe de tête affirmatif.

— Où est-il, le veinard ? demanda Rocky. Où est-ce qu'il se cache ? Levez-vous, capitaine, et venez saluer.

Toute l'assistance se démanchait le cou, cherchant de tous côtés.

— Le voilà, hurla Rocky en désignant l'autre bout de la salle.

Un homme venait d'escalader la balustrade devant une loge et s'avançait sur la piste à la rencontre de Geneva. Il avait ce déhanchement particulier qu'ont les gens de mer.

— Dites quelques mots, capitaine, fit Rocky en basculant le support du micro.

— Je suis tombé amoureux de Geneva la première fois que je l'ai vue, déclara le capitaine au public, et, quelques jours plus tard, je lui ai demandé de plaquer le marathon et de m'épouser. Mais elle m'a répondu non, qu'elle ne voulait pas laisser son partenaire en plan ; alors la seule chose qui me restait à faire, c'était d'attendre. Maintenant, je suis content qu'elle soit disqualifiée et je voudrais déjà être en pleine lune de miel...

Le public hurlait de joie. Rocky remit le micro d'aplomb.

— Allons, une pluie d'argent pour la jeune mariée, mesdames et messieurs.

Le marin attrapa le support du micro et, d'une secousse, amena le micro devant sa bouche :

— Ne vous donnez pas la peine, les gars, fit-il, pas besoin de cotisation. Je crois être capable de pourvoir largement à ses besoins.

— Popeye en personne, fit Gloria.

Il n'y eut pas de pluie d'argent. Pas une seule pièce ne sonna sur le plancher.

— Voyez comme il est modeste, fit Rocky. Mais je ne pense pas commettre d'indiscrétion en vous disant qu'il est le capitaine du *Pacifique-Queen*, un vieux quatre-mâts qui sert maintenant de chaland pour la pêche au vif, mouillé à trois milles au large de la jetée. Il y a des taxis aquatiques toutes les heures pendant la journée, et s'il y en a parmi vous, mesdames et messieurs, qui aiment la pêche en haute mer, je vous conseille de sortir avec le capitaine.

— Embrasse-la, eh, balluche ! hurla quelqu'un dans l'assistance.

Le capitaine embrassa Geneva, puis l'entraîna hors de la piste aux braillements et applaudissements de la salle.

— C'est le second mariage que le marathon ait organisé, annonça Rocky. N'oubliez pas la grande cérémonie publique qui aura lieu ici la semaine prochaine, quand le couple n° 71, Lee Lowell et Mary Hawley, se mariera sous vos yeux. Envoyez, dit-il à l'orchestre.

Basil Gerard sortit du vestiaire en complet de ville et vint à la table prendre son dernier repas au compte de la maison.

Rocky s'assit sur l'estrade, balançant ses jambes dans le vide.

— Attention à mon café, fit Gloria.

— Bon, bon, dit Rocky, déplaçant légèrement la tasse. Comment vous trouvez la nourriture ?

— Ça va..., répondis-je.

Deux femmes d'un certain âge s'avançaient vers nous. Je les avais vues à plusieurs reprises, assises aux places de loges.

— Vous êtes le directeur ? demanda l'une d'elles à Rocky.

— Pas exactement, répondit Rocky, je suis le sous-directeur. Qu'est-ce que vous voulez, au juste ?

— Je m'appelle Mme Highby, déclara la femme. Madame que voici est Mme Witcher. Pourrions-nous vous dire deux mots en particulier ?

— On est tout aussi bien ici qu'ailleurs pour me parler en particulier, fit Rocky. Qu'est-ce que vous voulez, au juste ?

— Nous sommes présidente et vice-présidente...

— Qu'est-ce qui se passe ? demanda Socks Donald qui s'amenait derrière moi.

— Voici le directeur, dit Rocky, l'air grandement soulagé.

Les deux femmes regardèrent Socks.

— Madame est Mme Witcher et moi Mme Highby. Nous sommes présidente et vice-présidente de la Ligue des mères pour le relèvement de la moralité publique…

— Oh ! oh ! fit Gloria à mi-voix.

— Et alors ?… fit Socks.

— Nous avons une résolution à vous communiquer, dit Mme Highby, lui remettant un papier dans la main.

— Qu'est-ce que ça signifie ? demanda Socks.

— Simplement ceci, répondit Mme Highby. Notre ligue pour le relèvement de la moralité publique a condamné votre concours…

— Permettez un instant, dit Socks. Allons parler de ça dans mon bureau…

Mme Highby regarda Mme Witcher, qui approuva du chef :

— Très bien, fit-elle.

— Venez avec nous, les enfants, toi aussi Rocky, dit Socks. Eh, mademoiselle ! cria-t-il à l'infirmière, débarrassez ces tasses et ces assiettes. Il sourit aux deux femmes. Vous voyez, dit-il, nous ne permettons pas à ces gosses de faire le moindre geste qui nécessite une dépense d'énergie. Par ici, mesdames.

Il prit la tête du groupe et nous conduisit le long de l'estrade jusqu'à son bureau qui était situé dans un coin du bâtiment. Tout en marchant, Gloria fit semblant de trébucher et s'écroula de tout son poids sur Mme Highby, et lui agrippa la tête à deux mains.

— Oh ! excusez-moi, je suis désolée, fit Gloria en regardant par terre pour voir ce qui l'avait fait trébucher.

Mme Highby ne desserra pas les dents ; elle foudroya Gloria du regard et se mit à redresser son chapeau. Gloria me donna un coup de coude, clignant de l'œil derrière le dos de Mme Highby.

— Dites donc, les enfants, chuchota Socks au moment où nous entrions dans le bureau, n'oubliez pas que vous êtes témoins.

Le bureau avait autrefois servi de vestibule et était minuscule. Je remarquai qu'il n'avait pas beaucoup changé depuis que Gloria et moi étions venus là nous faire inscrire dans le marathon. Il y avait simplement deux photos de femmes nues en plus, que Socks avait épinglées au mur, Mme Highby et Mme Witcher les repérèrent instantanément et échangèrent un coup d'œil entendu.

— Asseyez-vous, mesdames, dit Socks. Qu'y a-t-il pour votre service ?

— La Ligue des mères pour le relèvement de la moralité publique a condamné votre concours, dit Mme Highby. Nous avons décidé que c'était une chose vile et dégradante, qui ne pouvait qu'avoir une influence pernicieuse sur la communauté. Nous avons décidé de fermer votre établissement.

— Fermer ? dit Socks en fronçant les sourcils.

— Sur-le-champ. Si vous refusez, nous nous adresserons au Conseil municipal. Ce concours est vil et dégradant.

— Vous n'y êtes pas du tout, mesdames, dit Socks. Ce concours n'a rien de dégradant. Au contraire, ces jeunes gens en sont tous enchantés. Ils ont tous engraissé depuis que ça a commencé.

— Vous avez dans ce concours une jeune fille qui est sur le point d'être mère, déclara Mme Highby, une nommée Ruby Bates. C'est un crime de faire marcher et courir cette fille toute la journée quand son bébé va bientôt naître. De plus, c'est un spectacle choquant que de la voir s'exhiber publiquement dans cette tenue inconvenante. Elle aurait pu avoir au moins la décence de porter un manteau.

— Eh bien, mesdames, dit Socks, je vous avoue n'avoir jamais considéré la chose sous cet angle. J'ai toujours pensé que Ruby savait ce qu'elle faisait — et je n'ai jamais fait attention à sa silhouette. Mais je comprends votre point de vue. Vous voulez que je l'enlève de ce concours ?

— Absolument, fit Mme Highby. Mme Witcher fit un signe d'assentiment.

— Très bien, mesdames, dit Socks. Tout ce que vous voudrez. Je n'ai pas la tête dure. Je paierai même sa note d'hôpital... Merci de m'en avoir parlé. Je vais m'en occuper tout de suite.

— Ce n'est pas tout, reprit Mme Highby.

— Vous avez l'intention de célébrer un mariage public, ici, la semaine prochaine, ou était-ce uniquement un gag publicitaire pour attirer les crétins ?

— Jamais de ma vie, je n'ai fait un truc à la flan, dit Socks. Le mariage sera un mariage régulier. Je n'ai jamais refait les clients et je n'ai pas l'intention de commencer. Vous pouvez demander à tous ceux avec qui je fais des affaires, quel genre de type je suis.

— Nous connaissons votre réputation, dit Mme Highby. Mais même en tenant compte de cela, j'ai peine à croire que vous avez l'intention d'encourager un pareil sacrilège.

— Ces gosses qui vont se marier s'aiment énormément, dit Rocky.

— Nous ne tolérerons pas cette bouffonnerie, déclara Mme Highby. Nous exigeons que vous arrêtiez immédiatement cette épreuve !

— Que vont devenir tous ces jeunes gens, s'il ferme ? interrogea Gloria. Ils vont se retrouver sur le pavé.

— N'essayez pas de justifier ce genre de choses, ma fille, dit Mme Highby. C'est de la dépravation, purement et simplement. Ce concours est le rendez-vous de la pègre. Un de vos engagés n'était autre qu'un assassin évadé — cet Italien de Chicago.

— Mais, enfin, mesdames, vous ne me rendez tout de même pas responsable de ça ? fit Socks.

— C'est ce qui vous trompe. Nous sommes ici parce que nous voulons que notre ville reste propre et qu'il est de notre devoir de la préserver d'influences aussi néfastes…

— Vous permettez que mon assistant et moi nous sortions un instant pour discuter de la chose ? demanda Socks. Nous pourrons peut-être voir ce qu'il y a à faire…

— Très bien, dit Mme Highby.

Socks fit signe à Rocky et ils sortirent.

— Vous avez des enfants à vous, mesdames ? demanda Gloria, quand la porte se fut refermée.

— Nous avons chacune des filles adultes, répondit Mme Highby.

— Savez-vous où elles sont, ce soir, et ce qu'elles font ?

Elles ne répondirent ni l'une ni l'autre.

— Je peux peut-être vous en donner une vague idée, fit Gloria. Tandis que les nobles âmes que vous êtes sont ici en train d'accomplir leur devoir auprès de gens qu'elles ne connaissent pas, vos filles sont probablement en train de se saouler chez un type quelconque.

Mme Highby et Mme Witcher sursautèrent ensemble.

— C'est en général ce qui se passe avec les filles des gens qui veulent réformer les autres, poursuivit Gloria. Tôt ou tard elles y passent toutes et elles ne sont pas assez dessalées pour éviter de se faire coller un gosse. Vous les chassez de chez vous avec vos maudits sermons sur la vertu et la pureté, et vous êtes trop occupées à fouiner dans les affaires des autres pour leur apprendre les choses qu'elles devraient connaître.

— Par exemple !... s'exclama Mme Highby, dont le visage s'empourprait.

— Ça, ça alors ! fit Mme Witcher.

— Gloria, dis-je.

— Il est grand temps que quelqu'un vous dise vos quatre vérités, à vous et à vos pareilles, reprit Gloria, se déplaçant et s'adossant à la porte, comme pour les empêcher de sortir, et je suis tout indiquée pour le faire. Vous êtes le genre de salopes qui se faufilent dans leur boudoir pour lire des livres cochons et se raconter des histoires dégueulasses et qui n'ont de cesse qu'elles aient gâché le plaisir des autres.

— Ôtez-vous de cette porte, ma fille, et laissez-nous sortir d'ici ! vociféra Mme Highby. Je refuse de vous écouter. Je suis une femme respectable. J'enseigne le catéchisme.

— Je ne bouge pas d'un pouce avant d'avoir fini, dit Gloria.

— Gloria !

— Toutes vos ligues de vertu, de morale et tous vos foutus clubs féminins, continua-t-elle, m'ignorant complètement, pleins de vieilles fouineuses et de punaises de sacristie qui n'ont pas rigolé depuis vingt ans et qui piquent une jaunisse quand elles voient que les autres se paient un peu de bon temps... Pourquoi les vieilles peaux comme vous ne s'arrangent-elles pas pour se soulager une fois de temps en temps. C'est ça qui vous tracasse et vous rend comme ça...

Mme Highby s'avança sur elle, le bras levé comme pour la frapper.

— Allez-y, frappez-moi, dit Gloria, sans faire un mouvement. Frappez-moi ! Touchez-moi seulement et je vous démolis votre sale gueule !

— Espèce d'ignoble catin ! dit Mme Highby, enflammée par la fureur.

La porte s'ouvrit, bousculant Gloria. Socks et Rocky entrèrent.

— Cette..., cette..., dit Mme Highby montrant Gloria d'un doigt frémissant.

— Cessez donc de bégayer, fit Gloria, dites-le. Vous savez très bien le dire, ce mot. CATIN. C.A.T.

— Du silence, fit Socks. Mesdames, mon assistant et moi avons décidé de considérer tout ce que vous voudrez bien nous suggérer...

— Nous suggérons que vous fermiez immédiatement cet établissement, dit Mme Highby. Sans cela nous irons trouver le Conseil municipal demain matin.

Elle se dirigea vers la porte, suivie de Mme Witcher.

— Ma fille, dit Mme Highby à Gloria, vous devriez être dans une maison de correction !

— J'y ai été une fois, dit Gloria. La bonne femme qui dirigeait ça était exactement votre genre. Elle était lesbienne…

Mme Highby, étouffant un dernier hoquet, s'en alla, suivie de Mme Witcher.

Gloria claqua la porte derrière elles, puis elle s'assit dans un fauteuil et se mit à sangloter. Elle se couvrit le visage de ses mains et essaya de refouler ses larmes, mais en vain. Elle se pencha lentement en avant, pliée en deux, secouée de soubresauts convulsifs, comme si elle avait entièrement perdu le contrôle du haut de son corps. Durant un long moment il n'y eut dans la pièce pas d'autre son que ses sanglots et le va-et-vient de l'Océan qu'on entendait par la fenêtre entrouverte.

Puis, Socks s'avança et posa avec douceur sa main sur la tête de Gloria.

— Allons, mon petit, pas de ça, allons, fit-il.

— Garde tout ça pour toi, me dit Rocky. Ne dis rien aux autres.

— Pas de danger, dis-je. Est-ce que ça signifie qu'on va être obligés de fermer ?

— Je ne crois pas, répondit Socks. Ça signifie simplement qu'il faudra voir à graisser la patte à quelqu'un. Je parlerai à mon avoué demain matin. Entre-temps, Rocky, préviens Ruby. Faut qu'elle s'en aille. Il y a un tas de femmes qui ont rouspété à cause d'elle. Il regarda du côté de la porte. Quelle idée j'ai eue de me mêler de cette combine ! fit-il.

… de vous mettre à mort…

XI

HEURES ÉCOULÉES : 855
COUPLES RESTANT EN COURSE : 21

AUTOUR DU MARATHON LE CONFLIT FAIT RAGE

LA LIGUE DES MÈRES MENACE D'ORGANISER UN MEETING MONSTRE SI LE CONSEIL MUNICIPAL N'ARRÊTE PAS LE MARATHON

Après deux jours de discussions

« La Ligue des mères pour le relèvement de la moralité publique a continué aujourd'hui la lutte contre le marathon de danse, menaçant d'en appeler aux citoyens eux-mêmes si le Conseil municipal n'arrêtait pas l'épreuve. Le marathon est en cours depuis trente-six jours consécutifs dans une de nos stations balnéaires.

« Mme J. Franklin Highby et Mme William Wallace Witcher, présidente et vice-présidente de la Ligue des mères, se présentèrent de nouveau cet après-midi devant le Conseil et protestèrent contre la continuation du marathon. Elles furent avisées par le Conseil que l'avocat de la ville se livrait à une étude approfondie des textes de loi afin de déterminer les mesures à prendre.

— Il nous est impossible de prendre aucune mesure avant que nous ne sachions ce que dit la loi, a déclaré Michael Bailey, président du Conseil municipal. Jusqu'ici, nous n'avons pas réussi à trouver d'article qui puisse spécifiquement s'appliquer à l'affaire qui nous occupe, mais l'avocat de la ville est en train d'examiner tous les statuts.

— Le Conseil municipal hésiterait-il si un fléau menaçait notre ville ? a riposté Mme Highby. Naturellement pas. S'il n'existe pas de texte de loi susceptible d'être appliqué à cet état de choses, eh bien ! que l'on adopte un décret spécial. Le marathon de danse est un fléau — c'est vil et dégradant — et dans la même salle il y a un bar qui est le rendez-vous de la pègre et un véritable repaire de gangsters et de criminels notoires. On n'osera tout de même pas prétendre que c'est là une ambiance recommandable pour des enfants… »

Je rendis le journal à Mme Layden.

— L'avocat de M. Donald lui a dit que la ville ne pouvait rien faire, dis-je.

— Cela n'y fera pas grand-chose, dit Mme Layden. Ces femmes se sont mis en tête de fermer l'établissement, et elles le feront, avec ou sans loi.

— Je ne vois pas quel mal il y a dans le marathon, dis-je. Mais ils ont raison en ce qui concerne le bar. J'ai vu un tas de types à l'allure louche au Palmarium… Combien de temps croyez-vous qu'il leur faudra pour nous fermer ?

— Je ne sais pas, répondit-elle. Mais elles le fermeront. Qu'est-ce que vous ferez à ce moment-là ?

— La première chose que je ferai, ce sera de rester au soleil le plus longtemps possible, dis-je. Autrefois j'adorais la pluie et je détestais le soleil, mais maintenant c'est tout le contraire. On n'a pas beaucoup de soleil ici…

— Mais après, qu'est-ce que vous allez faire ?

— Je n'ai pas encore fait de projets, dis-je.

— Je comprends…, dit-elle. Où est Gloria ?

— En train de passer sa tenue de piste. Elle va être là tout de suite.

— Elle commence à faiblir, vous ne trouvez pas ? Le docteur a dit qu'il devait lui ausculter le cœur plusieurs fois par jour…

— Ça ne veut rien dire, dis-je. Il les ausculte toutes. Gloria va très bien…

Gloria n'allait pas très bien, je le savais parfaitement. Nous avions de gros ennuis avec les derbys. Jamais je n'arriverai à comprendre comment nous nous en étions tirés les deux soirs précédents. Gloria ne sortait du quartier que pour y retourner, au moins douze fois en deux courses. Néanmoins, je me gardai de conclure à la légère sous prétexte que le docteur examinait le cœur six ou sept fois par jour. Je savais que jamais il ne découvrirait son mal avec un stéthoscope…

— Penchez-vous par ici, Robert, dit Mme Layden.

C'était la première fois qu'elle m'appelait par mon prénom et j'étais un peu gêné. Je me penchai par-dessus le garde-fou, tout en gigotant, de façon que personne ne pût prétendre que je violais le règlement de l'épreuve en restant immobile. La salle était bondée, bourrée à craquer.

— Vous savez que je suis votre amie, n'est-ce pas ? dit Mme Layden.

— Oui, m'dame, je sais ça…

— Vous savez que c'est moi qui vous ai trouvé un donateur, n'est-ce pas ?

— Oui, m'dame, je sais.

— Vous avez confiance en moi, non ?

— Oui, m'dame, j'ai confiance en vous.

— Robert… Gloria n'est pas le genre de fille qu'il vous faut.

Je ne répondis rien, me demandant ce qui allait suivre. Je n'avais jamais pu comprendre pourquoi Madame Layden me marquait un tel intérêt, à moins que… Mais ce ne pouvait pas être ça. Elle était assez âgée pour être ma grand-mère.

— Elle ne vaudra jamais rien, continua Mme Layden. C'est un être mauvais et nuisible, et elle va gâcher votre existence. Vous ne tenez pas à avoir votre existence gâchée, n'est-ce pas ?

— Elle ne gâchera pas mon existence, dis-je.

— Promettez-moi que vous ne la reverrez plus jamais, quand ce sera fini ici.

— Oh ! je n'ai pas l'intention de me marier avec elle, ni rien de ce genre, dis-je. Je ne suis pas amoureux d'elle. C'est une fille pas mal. Il y a simplement des moments où elle est déprimée…

— Elle n'est pas déprimée. Elle est aigrie. Elle hait tout le monde. Elle est cruelle et dangereuse…

— Je ne savais pas que vous aviez cette opinion d'elle, madame Layden…

— Je suis une vieille femme, dit-elle. Je suis une très, très vieille femme, je sais ce que je dis. Quand tout cela sera terminé… Robert, dit-elle subitement, je ne suis pas aussi pauvre que vous le croyez, j'ai l'air pauvre, mais je ne suis pas pauvre du tout, je suis riche. Je suis très riche.

Je suis très excentrique. Quand vous sortirez d'ici…

— Hello… fit Gloria, surgissant de nulle part.

— Hello ! répondit Mme Layden.

— Que se passe-t-il ? demanda vivement Gloria. Je vous dérange ?

— Tu ne nous déranges pas du tout, lui dis-je.

Mme Layden ouvrit le journal et se mit à lire. Gloria et moi nous dirigeâmes vers l'estrade.

— Qu'est-ce qu'elle disait de moi ? demanda Gloria.

— Rien, répondis-je. On parlait simplement de la fermeture du marathon…

— Vous parliez d'autre chose, je suis tranquille. Pourquoi l'a-t-elle bouclée comme une huître quand je suis arrivée ?

— Tu t'imagines des choses…, dis-je.

— Mesdames et messieurs, dit Rocky au micro, ou peut-être, après avoir lu les journaux, devrais-je plutôt dire : « Crétins, mes frères. »

Un gros rire parcourut la salle, la foule savait ce qu'il voulait dire.

— Vous pouvez constater que le championnat du monde de marathon de danse se porte toujours bien, dit-il, et il continuera jusqu'à ce qu'il ne reste plus qu'un seul concurrent — le gagnant ! Je veux vous remercier d'être venus ce soir et je tiens à vous rappeler que demain soir nous avons pour vous quelque chose de sensationnel que vous n'avez pas le droit de manquer :

notre grand mariage public, entre les deux partenaires du couple n° 71 : Lee Lowell et Mary Hawley — qui se marieront ici même devant vos yeux. Ce mariage sera célébré par les soins d'un pasteur bien connu de notre ville. Si vous n'avez pas encore réservé vos places, il serait bon de le faire tout de suite.

« Et maintenant, avant que commence le derby, permettez-moi de vous présenter une de nos célébrités.

Il jeta un regard sur un bout de papier.

— Mesdames et messieurs, nous avons l'honneur d'avoir ce soir parmi notre distinguée clientèle un grand artiste de l'écran, William Boyd, ce bourreau des cœurs. Voulez-vous saluer, monsieur Boyd.

Bill Boyd se leva et salua, aux applaudissements de l'assistance.

— Ensuite, une autre vedette de l'écran et de la scène, Ken Murray. M. Murray a amené avec lui un groupe d'éminentes personnalités. Peut-être acceptera-t-il de venir sur l'estrade nous les présenter lui-même ?

Le public applaudit à tout rompre. Murray hésitait, mais finalement il enjamba la balustrade et monta sur l'estrade.

— Eh bien, voilà, mesdames et messieurs, fit-il en s'emparant du micro. Tout d'abord, une jeune star, miss Anita Louise.

Miss Louise se leva.

— Et maintenant, miss Jenne Clyde.

Miss Clyde se leva.

— Miss Sue Carol.

Miss Carol se leva.

— Tom Brown.

Tom Brown se leva.

— Thornton Freeland.

Thornton Freeland se leva.

— Et c'est tout, mesdames et messieurs.

Murray serra la main de Rocky et alla retrouver ses amis.

— Mesdames et messieurs, commença Rocky.

— Il y a là-bas un grand metteur en scène qu'il n'a pas présenté, dis-je à Gloria. C'est Frank Borzage. Allons lui parler.

— Pour quoi faire ? dit Gloria.

— C'est un metteur en scène, je te dis.

Il pourrait t'aider à trouver un rôle au cinéma…

— Je me fous du cinéma, dit Gloria. Je voudrais être morte.

— J'y vais, dis-je.

Je m'avançai nonchalamment le long de la piste devant les loges, mais j'avais un trac terrible.

À deux ou trois reprises, le courage faillit me manquer et je fus sur le point de faire demi-tour.

« Ça vaut le coup, me disais-je. C'est un des meilleurs metteurs en scène du monde. Un jour je serai aussi célèbre que lui et à ce moment-là, je lui rappellerai cette soirée… »

— Bonsoir, monsieur Borzage, dis-je.

— Bonsoir, fiston, dit-il. Tu vas gagner, ce soir ?

— Je l'espère… J'ai vu *La seule vraie gloire*, j'ai trouvé ça épatant, dis-je.

— Je suis content que ça t'ait plu.

— C'est ça que je veux devenir un jour, dis-je. Metteur en scène comme vous…

— J'espère que tu le deviendras, dit-il.

— Eh bien, fis-je, au revoir.

Je retournai à l'estrade.

— C'était Frank Borzage, dis-je à Kid Kamm.

— Ouais ?…

— C'est un grand metteur en scène, expliquai-je.

— Ah ! fit le Kid.

— Allons-y…, fit Rocky. Les arbitres sont prêts. Est-ce qu'ils ont leurs cartes de contrôle, Rollo ? Allons-y, les enfants…

Nous nous avançâmes jusqu'à la ligne de départ.

— S'agit pas de prendre des risques, ce soir, murmurai-je à Gloria. C'est pas le moment de flemmarder.

— À vos marques, les enfants, allons, dit Rocky. Tenez-vous prêts, les infirmières et les soigneurs. Tenez-vous bien, mesdames et messieurs. Préparez-vous à envoyer, l'orchestre…

Il tira le coup de pistolet lui-même.

Gloria et moi bondîmes en avant, nous frayant un passage jusqu'à la seconde place, juste derrière Kid Kamm et Jackie Miller. Ils étaient en tête, position que tenaient d'ordinaire James et Ruby Bates. En prenant le premier tournant, je songeai à James et à Ruby, me demandant où ils étaient. Ça n'avait plus l'air d'un derby sans eux…

À la fin du premier tour, Mack Aston et Bess Cartwright piquèrent un sprint et nous enlevèrent la seconde place. Je commençai à faire du talon-pointe du pied plus vite que je n'avais encore jamais fait. Je savais qu'il le fallait. Tous les demi-portions avaient été éliminés. Tous ces couples qui restaient en piste étaient des cracks.

Je restai en troisième position durant six ou sept tours, mais le public commença à faire du raffut et à nous crier de regagner notre place perdue. J'avais peur de tenter le coup, car on ne peut doubler une équipe rapide qu'au virage et cela demande un effort terrible. Jusque-là, Gloria s'était très bien défendue, mais je ne tenais pas à la pousser trop. Je n'étais pas inquiet tant que je la sentais capable de se propulser par ses propres moyens…

Au bout de huit minutes, je commençai à avoir chaud. Je me dépouillai de mon maillot et l'expédiai à un soigneur. Gloria en fit autant. La plupart des filles étaient maintenant sans maillot et la salle hurlait.

« Maintenant, on est bien partis, si quelqu'un ne nous attaque pas », me dis-je.

À ce moment précis nous fûmes attaqués. Pedro Ortega et Lilian Bacon s'amenèrent à toute vitesse à nos côtés, s'efforçant de passer à la corde au virage. C'était à peu près le seul moyen de dépasser un couple, mais ce n'était pas si facile que ça en avait l'air. Il fallait gagner au moins deux pas dans la ligne droite et alors virer d'une secousse en tournant. C'était ce que Pedro avait derrière la tête. Ils nous accrochèrent au tournant, mais Gloria réussit à garder son équilibre ; je la tirai en avant et nous conservâmes nos places.

J'entendis la foule haleter et je savais que cela signifiait que quelqu'un titubait. Un moment après, j'entendis le choc d'un corps sur le plancher. Je ne me détournai pas. Je continuai à marteler la piste. Ce genre de choses avait cessé de m'émouvoir. Quand je fus sur la ligne droite et que je pus regarder, je vis que c'était Mary Hawley, la partenaire de Lee Lowell, qui venait d'aller au quartier. Infirmières et soigneurs s'affairaient autour d'elle et le docteur se servait de son stéthoscope.

— Laissez le solo pousser à la corde, les enfants…, brailla Rollo.

Je m'écartai et Lee me doubla. Désormais, il lui faudrait faire deux tours contre nous un. Il eut un bref regard en passant du côté du quartier ; l'angoisse lui crispait le visage. Je savais qu'il ne souffrait pas, mais qu'il se demandait simplement quand sa partenaire sortirait… ; à son quatrième tour en solo, elle se leva et revint s'accoupler.

Je fis signe à l'infirmière de m'envoyer une serviette humide et, au tour suivant, elle me la plaqua autour du cou. J'en fourrai l'extrémité entre mes dents.

— Encore quatre minutes ! hurla Rocky.

Ce derby était l'un des plus serrés que nous eussions jamais faits. Le Kid et Jackie menaient un train effarant. Je savais que Gloria et moi nous ne risquions rien si nous pouvions conserver notre allure, mais on ne sait jamais quand le partenaire va flancher. À partir d'une certaine limite, on continue à se mouvoir automatiquement, sans même se rendre compte que l'on bouge. À un moment donné, on se trouve avancer à toute allure et à la minute d'après on commence à s'effondrer. C'était cela que je craignais avec Gloria…, qu'elle ne s'écroulât brusquement. Elle commençait à se laisser un peu traîner…

« Avance, avance ! » lui hurlai-je en pensée, ralentissant d'un cheveu dans l'espoir d'alléger un peu sa fatigue. De toute évidence, Pedro et

Lilian n'attendaient que ce moment. Ils nous dépassèrent en trombe et prirent la troisième place. Immédiatement derrière nous, j'entendis un pilonnement impressionnant et je me rendis compte que tout le peloton était sur les talons de Gloria. Je n'avais plus la moindre marge, désormais.

Je levai haut la hanche. C'était le signal pour Gloria d'avoir à faire porter son poids de l'autre côté. Elle obéit, tirant maintenant de la main droite sur ma ceinture.

« Dieu soit loué ! » me dis-je. C'était bon signe. Ça prouvait qu'elle avait encore toute sa tête...

— Plus qu'une minute..., annonça Rocky.

À partir de cet instant, je mis toute la vapeur. Kid Kamm et Jackie avaient quelque peu ralenti l'allure, forçant ainsi les tandems Mack et Bess et Pedro-Lilian à ralentir. Gloria et moi étions placés entre eux et les autres. C'était une mauvaise position. Je priai mentalement que personne derrière nous n'eût la force de tenter un démarrage, car je me rendais compte que le moindre accrochage couperait les jambes à Gloria et la flanquerait par terre. Et si quelqu'un ramassait une pelle maintenant...

J'utilisai jusqu'à ma dernière parcelle d'énergie pour me maintenir un pas, un simple pas en avant, pour écarter cette menace que je sentais dans mon dos... quand retentit le coup de pistolet de la fin de course ; je me retournai pour rattraper Gloria, mais elle ne s'évanouit pas. Elle chancela et je la reçus dans mes bras, luisante de sueur, cherchant désespérément à retrouver son souffle.

— Voulez-vous une infirmière ?... hurla Rocky, de l'estrade.

— Ça va, dis-je. Y a qu'à la laisser se reposer une minute...

On dut soutenir la plupart des filles pour les mener au vestiaire, mais les garçons se massèrent autour de l'estrade pour voir qui avait été disqualifié. Les arbitres avaient remis leurs feuilles de pointage à Rocky et à Rollo, qui les vérifiaient.

— Mesdames et messieurs, annonça Rocky une minute ou deux plus tard, voici les résultats du derby le plus sensationnel que vous ayez jamais vu. Premier : le couple n° 18, Kid Kamm et Jackie Miller. Deuxième : Mack Aston et Bess Cartwrigt. Troisième : Pedro Ortega et Lilian Bacon. Quatrième place : Robert Syberten et Gloria Beattie. Ce sont là les gagnants, et maintenant, les perdants. L'équipe qui a terminé en queue, le couple qui, comme le veut le règlement, est disqualifié et hors de course. Il s'agit du couple n° 11, Jere Flint et Vera Rosenfeld...

— T'es pas un peu piqué ? vociféra Jere Flint, assez haut pour être entendu de toute la salle. C'est une erreur…, dit-il en s'approchant de l'estrade.

— Regarde-les toi-même, dit Rocky, lui tendant les feuilles de pointage.

— J'aurais bien voulu que ce soit nous, dit Gloria en relevant la tête. Je regrette de ne pas avoir lâché en pleine course…

— Ch. ch. cht…, fis-je.

— Je me fous pas mal de c'qu'il y a sur les feuilles de pointage, elles sont fausses, dit Jere Flint, en les rendant à Rocky. J'en suis sûr qu'elles sont fausses. Comment foutre voulez-vous qu'on soit éliminés, puisqu'on n'a pas fini derniers ?

— Tu es capable de compter tes tours de piste pendant que tu cours ? demanda Rocky. Il essayait de mettre Jere en mauvaise posture. Il savait très bien que c'était chose impossible.

— Évidemment que je ne peux pas faire ça, répondit Jere. Mais je sais que nous n'avons pas été au quartier et que Mary y est allée. Nous étions avant Lee et Mary au départ et nous avons fini devant eux…

— Qu'en dites-vous, monsieur ? demanda Rocky, s'adressant à un personnage qui se tenait planté à proximité. C'est vous qui avez pointé le couple n° 11…

— Vous vous trompez, mon vieux, dit l'homme à Jere. Je vous ai pointé soigneusement…

— C'est regrettable, mon petit, fit Socks Donald qui s'approchait en se frayant un chemin parmi le groupe d'arbitres. Pas de veine…

— C'est pas une question de veine, c'est bel et bien une vacherie de coup monté, fit Jere. Ça ne trompe personne. Si Lee et Mary avaient été éliminés, le mariage de demain était dans le lac…

— Allons, allons…, fit Socks. Trottez-vous au vestiaire…

— Très bien, dit Jere. Il s'avança vers l'homme qui les avait contrôlés, Vera et lui. Combien Socks t'a-t-il payé pour faire ça ? demanda-t-il.

— Je ne comprends pas ce que vous voulez dire…

Jere pivota légèrement et lui assena un violent coup de poing sur la bouche. L'homme s'étala.

Socks accourut vers Jere, bombant le torse et le foudroyant du regard.

— Si vous avez le malheur de sortir votre casse-tête, je vous le fais bouffer, lui dit Jere. Ensuite, il s'éloigna, traversant la piste en direction du vestiaire.

Le public tout entier était debout, s'interpellant et jacassant, cherchant à voir ce qui se passait.

— Allons nous habiller…, dis-je à Gloria.

… le dix-neuvième jour du mois de septembre de l'année mil neuf cent trente-cinq du Seigneur…

XII

HEURES ÉCOULÉES : 879
COUPLES RESTANT EN COURSE : 20

Toute la journée, Gloria avait été très cafardeuse. Plus de cent fois, je lui avais demandé à quoi elle pensait. « À rien », me répondait-elle.

[À présent, je vois combien j'ai été stupide. J'aurais dû savoir à quoi elle pensait. Maintenant que je repense à cette dernière soirée, je ne comprends pas comment j'ai pu être à ce point stupide. Mais, dans ce temps-là, j'étais bouché pour un tas de choses… Le juge est assis là-bas, en train de faire son discours, me regardant à travers ses lunettes, mais ses mots ont le même effet sur mon corps que son regard sur ses lunettes — ils passent au travers sans s'arrêter, se hâtant de laisser la place au regard et au mot suivants. Je n'ai pas plus entendu le juge avec mes oreilles et mon cerveau, que les verres de ses lunettes n'ont emprisonné chaque mot qui est passé à travers eux. Je l'ai entendu avec mes pieds, mes jambes, mon torse et mes bras, avec tout, sauf avec mes oreilles et mon cerveau. Avec mes oreilles et mon cerveau, j'ai entendu un crieur de journaux dans la rue hurler quelque chose à propos du roi Alexandre. J'ai entendu le roulement des tramways, j'ai entendu les automobiles, j'ai entendu dans la salle d'audience les avertisseurs des signaux lumineux, j'ai entendu les gens respirer et remuer des pieds, j'ai entendu craquer le bois du banc, j'ai entendu le léger *flac* d'un crachat s'écrasant dans un crachoir de cuivre. Toutes ces choses, je les ai entendues avec mes oreilles et mon cerveau, mais le juge, je ne l'ai entendu qu'avec mon corps. S'il vous arrive jamais d'entendre un juge vous dire ce que celui-là me disait, vous comprendrez ce que je veux dire.]

C'était pourtant un jour où Gloria n'avait aucune raison d'être cafardeuse. La foule était toute la journée entrée et ressortie par paquets et, depuis midi, la salle était comble. Et maintenant, juste avant le mariage, il ne restait plus que très peu de places libres et la plupart, d'ailleurs, étaient réservées. Toute la salle avait été décorée d'une telle quantité de drapeaux et de banderoles rouge, blanc et bleu, qu'on s'attendait à tout moment à entendre les pétards partir et l'orchestre jouer l'hymne national. La journée avait été pleine d'imprévu et d'animation : les ouvriers décorant l'intérieur, le va-et-vient de la foule, les répétitions du mariage, le bruit qui courait que la Ligue des mères allait descendre mettre le feu à l'établissement, et les deux trousseaux complets que les gens de la Bière Jonathan nous avaient envoyés, à Gloria et à moi.

C'était un jour où Gloria n'avait aucune raison d'être cafardeuse, et pourtant, elle était plus cafardeuse que jamais.

— Eh ! jeune homme…, appela un homme assis dans une loge. Je ne l'avais jamais vu auparavant. Il me faisait signe d'approcher.

« Tu ne resteras pas longtemps assis là, lui dis-je en pensée. C'est la place habituelle de Mme Layden. Quand elle va arriver, va falloir débarrasser le plancher…

— Vous n'êtes pas du tandem 22 ? demanda-t-il.

— Si, m'sieur, répondis-je.

— Où est votre partenaire ?

— Elle est là-bas…, répondis-je en montrant du doigt l'estrade où Gloria se tenait avec les autres filles.

— Allez la chercher, dit l'homme, je veux faire sa connaissance.

— Très bien…, dis-je, en allant la chercher. Qui ça peut bien être ? me demandais-je.

— Il y a là-bas un homme qui veut faire ta connaissance, dis-je à Gloria.

— Je n'ai envie de faire la connaissance de personne, dit-elle.

— Il n'a rien d'une cloche, ce type, il est bien habillé. Il a l'air de quelqu'un…

— Peu m'importe de quoi il a l'air, fit-elle.

— C'est peut-être un producteur, dis-je. Tu lui as peut-être tapé dans l'œil. C'est peut-être ta grande chance…

— Au diable, ma chance, dit-elle.

— Allons, viens, dis-je. Cet homme t'attend…

Finalement elle m'accompagna.

— Le cinéma, c'est de la crotte, fit-elle. On est forcé de faire la connaissance de gens qu'on n'a pas envie de connaître et d'être aimable avec des gens qu'on ne peut pas piffer. Je suis heureuse d'en avoir fini avec ça…

— Tu ne fais que commencer, dis-je, m'efforçant de la remonter.

> [À ce moment, je n'avais pas attaché la moindre importance à cette réflexion, mais maintenant, je me rends compte que c'était la chose la plus significative qu'elle eût jamais dite.]

— La voilà, dis-je à l'inconnu.

— Vous ne savez pas qui je suis, n'est-ce pas ? demanda-t-il.

— Non, monsieur.

— Je m'appelle Maxwell, déclara-t-il. Je suis le chef de publicité de la Bière Jonathan.

— Enchanté, monsieur Maxwell, dis-je, en lui tendant la main. Je vous présente ma partenaire,

Gloria Beattie, je tiens à vous remercier de nous avoir patronnés…

— Ce n'est pas moi qu'il faut remercier, fit-il. C'est Mme Layden. C'est elle qui a attiré mon attention sur vous. Vous avez reçu vos colis, aujourd'hui ?

— Oui, m'sieur, répondis-je, et ils sont tombés à pic. On avait drôlement besoin de vêtements. Ces marathons ne sont pas très indiqués pour les vêtements… Vous êtes déjà venu ici ?

— Non, et je ne serais pas là si Mme Layden n'avait pas tant insisté. Elle m'a parlé des derbys. Il y en aura un, ce soir ?

— Ce n'est pas un petit détail comme un mariage qui pourrait empêcher le derby d'avoir lieu, dis-je. Il commence tout de suite après la cérémonie.

— Au revoir…, fit Gloria, s'éloignant.

— J'ai gaffé ? demanda M. Maxwell.

— Non, m'sieur… Il faut qu'elle aille là-bas recevoir les dernières instructions. Ce mariage va bientôt commencer…

Il fronça les sourcils et je voyais bien qu'il savait que je mentais tout bonnement pour donner le change et couvrir son sans-gêne. L'espace d'un instant, il suivit des yeux Gloria qui longeait la piste, puis ramena son regard sur moi.

— Avez-vous une chance de gagner le derby, ce soir ? interrogea-t-il.

— On n'est pas mal placés, répondis-je. Bien entendu, ce qui importe, ce n'est pas tellement de gagner, c'est surtout de ne pas perdre. Si on finit dernier, on est disqualifiés.

— Supposons que la Bière Jonathan offre vingt-cinq dollars au gagnant, fit-il. Vous croyez que vous auriez une chance de les avoir ?

— Tout ce que je peux vous dire, c'est qu'on en mettra un fameux coup, lui dis-je.

— Dans ce cas, c'est parfait, dit-il, en me toisant des pieds à la tête. Mme Layden me dit que vous avez dans l'idée de faire du cinéma.

— C'est vrai, répondis-je. Mais pas comme acteur, je veux être metteur en scène.

— Le métier de brasseur ne vous dirait rien, des fois ?

— Je ne crois pas, non…

— Vous avez déjà fait de la mise en scène ?

— Non, monsieur, mais ça ne me fait pas peur. Je sais que je pourrais arriver à quelque chose, dis-je. Oh ! je ne parle pas d'un long métrage comme en ferait Boleslawsky ou Mamoulian… Je veux dire quelque chose d'autre pour commencer…

— Par exemple ?

— Eh bien !… un court métrage, dans le genre d'un deux ou trois bobines. La journée d'un chiffonnier, ou la vie d'un homme ordinaire, vous savez de ceux qui gagnent 30 dollars par semaine et qui ont des gosses à nourrir, une maison à acheter, une voiture et un poste de radio ? Le genre de type qui a toujours les huissiers à ses trousses. Quelque chose de neuf, avec des angles de prise de vue pour aider au déroulement de l'histoire…

— Je comprends…, fit-il.

— Je ne voulais pas vous ennuyer, dis-je. Mais j'ai si rarement l'occasion de trouver quelqu'un qui veuille bien m'écouter, que, quand ça m'arrive, je ne sais jamais quand je dois m'arrêter…

— Ça ne m'ennuie pas. En fait, ça m'intéresse beaucoup, dit-il. Mais je ne veux pas trop m'avancer…

— Bonsoir, fit Mme Layden en pénétrant dans la loge. M. Maxwell se leva.

— Vous avez pris ma place, John, dit Mme Layden. Asseyez-vous là.

M. Maxwell se mit à rire et prit place sur un autre siège.

— Eh bien ! Eh bien !… Comme vous voilà beau garçon ! me dit Mme Layden.

— C'est la première fois de ma vie que je mets un smoking, dis-je en rougissant. M. Donald a loué des smokings pour tous les hommes et des robes pour toutes les filles. Nous sommes du cortège…

— Qu'est-ce que vous pensez de lui, John ? demanda Mme Layden à M. Maxwell.

— Il est très bien…, répondit M. Maxwell.

— Je me fie entièrement à l'opinion de M. Maxwell, me dit Mme Layden.

Je commençais à comprendre maintenant pourquoi M. Maxwell m'avait posé toutes ces questions…

— Par ici, mes enfants…, dit Rocky au micro. Par ici, mesdames et messieurs, fit-il. Le mariage public entre Lee Lowell et Mary Hawley, du couple n° 17, va bientôt avoir lieu… et nous vous prions de ne pas oublier que, la séance ne sera pas terminée une fois le mariage fini. Ça ne fera que commencer…, fit-il… Que commencer ! Après le mariage, viendra le derby.

Il se pencha en avant et Socks Donald lui murmura quelque chose à l'oreille.

— Mesdames et messieurs, annonça Rocky, j'ai le grand plaisir de vous présenter le pasteur qui va célébrer la cérémonie — un pasteur que vous connaissez tous, le Révérend Bear Gilder. Voulez-vous avoir l'obligeance de monter ici, monsieur Gilder ?

Le pasteur fit son apparition sur la piste et s'avança vers l'estrade aux applaudissements de l'assistance.

— À vos places, nous dit Socks. Chacun de nous prit la place qui lui avait été assignée, les filles d'un côté de l'estrade et les garçons de l'autre.

— Avant que commence la marche nuptiale, dit Socks, je tiens à remercier ceux qui ont contribué à cette manifestation. Il consulta une feuille de papier.

— La robe de mariée, fit-il, a été offerte par M. Samuels, du magasin « Le Bon Ton » Voulez-vous vous lever, monsieur Samuels ?

M. Samuels se leva et s'inclina sous les applaudissements.

— Les souliers de la mariée ont été offerts par la « Mule d'Or », le magasin de la Grand-Rue. Est-ce que M. Davis est là ? Levez-vous, je vous prie, monsieur Davis…

M. Davis se leva.

— Ses bas et ses… euh… vous savez ce que je veux dire, en soie naturelle, ont été offerts par le « Coco-Chéri-Bazar », monsieur Lightfoot* où êtes-vous donc ?

M. Lightfoot se leva sous un tonnerre de hurlements.

— … et son indéfrisable a été exécutée par l'Institut de Beauté Pompadour, miss Smith est-elle là ?

Miss Smith se leva.

— Le trousseau du marié complet, de la tête aux pieds, a été offert par le magasin de confection Tower. Monsieur Tower…

M. Tower se leva.

— Toutes les fleurs que vous voyez dans la salle et celles que portent ces jeunes filles sont

* Pied léger.

un cadeau de la Pépinière des Sycomores. Monsieur Dupré…

M. Dupré se leva.

— Et maintenant, mesdames et messieurs, je passe le micro au Révérend Père Bear Gilder, qui va célébrer le mariage de ces magnifiques jeunes gens…

Il tendit le micro à Rollo, qui l'installa sur la piste, devant l'estrade. Le Révérend Gilder vint se placer derrière, fit un signe de tête, et l'orchestre entonna la marche nuptiale.

Le défilé commença, les garçons d'un côté et les filles de l'autre, le long de la piste jusqu'à l'extrémité de la salle et retour au pasteur. C'était la première fois que je voyais certaines de ces filles habillées autrement qu'en pantalon de plage ou en tenue de piste.

Nous avions répété le cortège deux fois ce même après-midi, et l'on nous avait appris à nous arrêter complètement après chaque pas, avant de repartir. Quand le marié et la mariée surgirent derrière l'estrade, le public leur fit une ovation…

Mme Layden me fit un signe de tête quand je passai…

Devant l'estrade, nous prîmes nos places tandis que Lee et Mary, avec Kid Kamm et Jackie Miller, le garçon et la demoiselle d'honneur, continuaient jusqu'à l'endroit où se tenait le pasteur. Il fit signe à l'orchestre d'arrêter et commença la cérémonie... Tout au long de la cérémonie, je ne cessai de fixer Gloria. Je n'avais pas eu l'occasion de lui dire ce que je pensais de son attitude envers M. Maxwell, alors j'essayais d'attirer son regard pour lui faire comprendre que je lui réservais quelque chose pour quand on se retrouverait...

— ... Et je vous déclare unis par les liens du mariage..., dit le Révérend Gilder.

Il inclina la tête et commença à prier.

Le Seigneur est mon berger ; point ne serai dans le besoin. IL *me fait m'étendre dans de verts pâturages.* IL *me conduit au long des eaux tranquilles.* IL *restaure mon âme ;* IL *me mène dans les sentiers de la vertu pour l'amour de* SON *nom. Oui, malgré que je traverse la vallée de l'ombre de la mort, point ne craindrai le mal, car* VOUS *êtes avec moi ;* VOTRE *bâton est mon soutien, vous avez dressé une table devant moi en présence de mes ennemis ;* VOUS *avez oint ma tête d'huile ; ma coupe déborde. À coup sûr bonté et miséricorde me suivront chaque jour de ma vie ; et je demeurerai pour toujours dans la Maison du Seigneur.*

Quand le pasteur eut terminé, Lee embrassa timidement Mary sur la joue et tout le monde vint se presser autour d'eux. La salle croulait sous les applaudissements et les cris.

— Un instant… un instant… hurla Rocky dans le micro. Permettez, mesdames et messieurs…

Le brouhaha s'éteignit et à ce moment, venant du palmarium, à l'autre bout de la salle, on entendit un bruit clair et distinct de verre cassé.

— Arrête ! hurla une voix d'homme. Cinq détonations suivirent immédiatement, si près l'une de l'autre qu'on eût dit un seul bloc de son.

Instantanément la salle mugit.

— Gardez vos places… gardez vos places…, hurla Rocky.

Tous les autres, filles et garçons, se ruaient vers le palmarium pour voir ce qui s'était passé, alors je les suivis. Socks Donald me dépassa, la main à sa poche-revolver.

Je sautai par-dessus la balustrade et retombai dans une loge vide, et je suivis Socks dans le palmarium. Une foule de gens faisait cercle, regardant à terre et jacassant. Socks se fraya un passage à coups de coude et je le suivis.

Un homme était étendu sur le plancher, mort.

— Qui a fait le coup ? interrogea Socks.

— Un type, là-bas, répondit quelqu'un.

Socks fonça parmi les gens, moi sur ses talons. Je fus quelque peu étonné de constater que Gloria était juste derrière moi.

L'homme qui avait tiré se tenait debout, accoudé au comptoir du bar. Il avait le visage couvert de sang. Socks alla vers lui.

— C'est lui qui l'a cherché, Socks, dit l'homme. Il voulait me tuer à coups de bouteille de bière…

— C'est toi, Monk, espèce d'enfant de putain, fit Socks, lui assenant un coup de casse-tête en pleine figure. Monk s'affaissa contre le bar mais ne tomba pas. Socks continua à le frapper au visage avec son casse-tête, tapant, tapant, tapant sans arrêt, éclaboussant le sang sur tout ce qui se trouvait à proximité. Il écrasa littéralement l'homme par terre.

— Eh ! Socks… cria quelqu'un.

À dix mètres de là un autre groupe formait cercle, regardant quelque chose par terre et discutant avec animation. Nous nous poussâmes à travers la foule… et elle gisait là sur le plancher.

— Nom de Dieu ! fit Socks Donald.

C'était Mme Layden, avec un seul petit trou au milieu du front. John Maxwell était agenouillé auprès d'elle et lui tenait la tête… ensuite, il reposa doucement la tête sur le plancher et se releva. La tête de Mme Layden se tourna sur le côté et la petite flaque de sang qui s'était formée dans le creux de l'orbite se répandit par terre.

John Maxwell nous vit, Gloria et moi.

— Elle traversait pour venir arbitrer le derby, dit-il. Elle a été touchée par une balle perdue…

— Je voudrais que ce soit moi, murmura Gloria.

— Nom de Dieu ! dit Socks Donald.

Nous nous trouvions tous rassemblés dans le vestiaire des filles. Il y avait très peu de monde dehors dans la salle, seulement la police et plusieurs reporters.

— Mes enfants, vous devez savoir pourquoi je vous ai convoqués, dit lentement Socks, et vous devez avoir une idée de ce que je vais vous dire. Ça ne sert à rien de se lamenter sur ce qui s'est passé... c'est simplement de ces choses... qu'est-ce que vous voulez... C'est un sale coup pour vous et c'est un sale coup pour moi, juste quand le marathon commençait à bien démarrer.

— On a parlé de tout avec Rocky et on a décidé de prendre le prix de mille dollars et de le partager entre vous tous... et en plus, j'en ajoute mille de ma poche. Ça fera cinquante dollars par tête de pipe. Ça vous va ?

— Oui..., répondîmes-nous.

— Il n'y a aucune chance qu'on puisse continuer le marathon ? demanda Kid Kamm.

— Pas la moindre, dit Socks en secouant la tête. Pas avec cette ligue de vertu à nos trousses.

— Mes amis, fit Rocky, on a eu de bons moments ensemble, et ça m'a fait plaisir de travailler avec vous. Peut-être plus tard pourrons-nous organiser un autre marathon de danse...

— Quand touche-t-on le fric ? demanda Lee Lowell.

— Demain matin, répondit Socks. S'il y en a qui veulent rester ici cette nuit, les enfants, faites comme d'habitude. Mais si vous préférez partir tout de suite, personne ne vous en empêche. Le fric sera à votre disposition à partir de demain matin à dix heures. Et maintenant, je vous dis au revoir... faut que j'aille au commissariat.

… de la manière prévue par les lois de l'État de Californie et…

XIII

Avec Gloria je traversai la piste, mes talons faisant un tel vacarme que je me demandais si c'étaient vraiment les miens : Rocky était planté devant la porte d'entrée, avec un policeman.

— Où allez-vous, les gosses ? interrogea Rocky.

— Prendre l'air, répondit Gloria.

— Vous revenez ?

— On va revenir, lui dis-je. On va simplement prendre un peu l'air. Ça fait longtemps qu'on n'a pas mis le pied dehors…

— Ne tardez pas trop, dit Rocky, passant sa langue sur ses lèvres d'un air significatif.

— Va te faire !… fit Gloria en sortant. Il était un peu plus de deux heures du matin. L'air était humide, épais et propre. Si épais et si propre que je sentais mes poumons mordre dedans et en absorber d'énormes tranches.

« Ça vous semble bon, cet air-là, hein ? » disais-je à mes poumons.

Je me retournai et contemplai le bâtiment.

— C'est donc là-dedans qu'on a passé tout ce temps, dis-je. Maintenant je sais ce que Jonas a dû ressentir en regardant la baleine.

— Viens, fit Gloria.

En contournant l'établissement nous arrivâmes sur la jetée proprement dite. Elle s'allongeait à perte de vue dans l'Océan, montant, descendant, grinçant et gémissant avec les mouvements de l'eau.

— C'est incroyable que les vagues n'aient pas balayé cette jetée, dis-je.

— Décidément ça t'inspire, les vagues, dit Gloria.

— Non, pas spécialement, répondis-je.

— Ça fait un mois que tu ne parles pas d'autre chose.

— Bon, eh bien, reste une minute sans bouger et tu comprendras ce que je veux dire. On la sent se soulever et retomber…

— Je le sens très bien sans avoir besoin de rester immobile, dit-elle. Mais, il n'y a pas de quoi entrer en transes. Ça fait des millions d'années que ça dure…

— Ne va pas t'imaginer que je suis un piqué de l'Océan, dis-je. Je n'en ferais pas une maladie si je devais ne plus jamais le revoir. J'en ai soupé pour le restant de mes jours, de l'Océan…

Nous nous assîmes sur un banc mouillé par les embruns. Plus haut, vers l'extrémité de la jetée, plusieurs hommes pêchaient par-dessus le garde-fou. La nuit était noire ; il n'y avait pas de lune, pas d'étoiles. Une ligne irrégulière d'écume blanche délimitait le rivage…

— L'air est merveilleux, dis-je.

Gloria restait silencieuse, le regard lointain. Très loin, le long de la plage, il y avait un amas de petites lumières.

— C'est Malibu, dis-je. La plage des vedettes de cinéma.

— Qu'est-ce que tu vas faire, maintenant ? demanda-t-elle finalement.

— Je ne suis pas fixé. J'avais idée d'aller voir M. Maxwell demain. Je pourrais peut-être le décider à faire quelque chose. Il a eu vraiment l'air de s'intéresser à moi.

— Demain, toujours demain, dit-elle. Le grand coup de veine, c'est toujours pour demain.

Deux hommes passèrent, porteurs de cannes pour la pêche en haute mer. L'un d'eux traînait derrière lui un requin-marteau de quatre pieds de long.

— Ce bébé-là n'esquintera plus de filets, dit-il à l'autre.

— Qu'est-ce que tu vas faire ? demandai-je à Gloria.

— Je vais descendre de ce manège, dit-elle. J'en ai marre de toute cette saloperie.

— Quelle saloperie ?

— L'existence, répondit-elle.

— Pourquoi n'essaies-tu pas de t'en sortir ? Tu prends tout du mauvais côté.

— Pas de morale, je t'en prie, me dit-elle.

— Je ne te fais pas de morale, mais tu devrais changer d'attitude. Sans blague. Ça démolit tous ceux qui t'approchent. Tiens, moi, par exemple. Avant de te connaître, je ne voyais pas comment j'aurais pu ne pas réussir dans la vie. Jamais je n'avais pensé à un échec. Et maintenant...

— Qui t'a enseigné ce beau discours ? demanda-t-elle. Ce n'est pas de toi...

— Si, c'est de moi, dis-je.

Son regard suivit la côte en direction de Malibu.

— Oh ! à quoi bon se raconter des histoires ? dit-elle au bout d'un moment. Je sais où j'en suis...

Je restai silencieux, contemplant l'Océan et songeant à Hollywood, me demandant si j'étais réellement venu là ou si j'allais me réveiller dans une minute et me retrouver dans l'Arkansas en train de dégringoler l'escalier pour aller chercher mon paquet de journaux avant qu'il fît jour.

— Le salaud ! Le salaud ! fit Gloria. T'as fini de me regarder de cette façon. Je le sais que je ne vaux rien...

« Elle a raison, me dis-je. Elle a absolument raison. Elle ne vaut rien... »

— Je regrette de ne pas être morte, cette fois-là à Dallas, fit-elle.

À cela je ne répondis rien ; je continuais à contempler l'Océan, songeant combien elle disait vrai, et comme il était dommage qu'elle ne fût pas morte cette fois-là à Dallas. Il est certain que cela eût beaucoup mieux valu pour elle.

— Je ne suis qu'une ratée. Je n'ai rien à donner à personne, continuait-elle. Cesse de me regarder de cette façon-là..., dit-elle.

— Je ne te regarde d'aucune façon, dis-je. Tu ne peux pas voir ma figure...

— Si, je la vois, dit-elle.

Elle mentait. Elle ne pouvait pas voir ma figure. Il faisait trop sombre.

— Tu ne crois pas qu'on ferait bien de rentrer ? dis-je. Rocky voulait te voir...

— Ce salaud-là, fit-elle. Je sais ce qu'il veut, mais il ne l'aura plus jamais. Personne d'autre non plus, d'ailleurs.

— Quoi ? fis-je.

— Tu ne vas pas me dire que tu ne sais pas ?

— Que je ne sais pas quoi ? demandai-je.

— Ce que veut Rocky.

— Ah ! fis-je. Oui, bien sûr. Ça vient seulement de me venir à l'esprit.

— C'est tout ce que cherchent tous les hommes, dit-elle. Mais je n'ai rien contre. Ce n'est pas tellement ça... mais imagine que je me fasse chiper ?

— Ce n'est pas seulement à ça que tu penses ? demandai-je.

— Si. Jusqu'ici j'ai toujours été capable de me débrouiller. Mais suppose que j'aie un gosse ? fit-elle. Tu sais ce qu'il deviendrait, en grandissant ? Quelqu'un comme nous, exactement.

« Elle a raison, me dis-je. Elle a absolument raison. Il deviendra exactement comme nous… »

— Et ça je ne le veux pas, fit-elle. De toute façon, c'est fini pour moi. Je trouve que ce monde est infect et pour moi c'est fini. Je serais mieux morte et tout le reste du monde aussi, par la même occasion. Je démolis tout ce que j'approche. Tu l'as dit toi-même.

— Quand ai-je dit une chose pareille ?

— Il y a quelques minutes. Tu as dit qu'avant de me connaître jamais tu n'avais pensé à la possibilité d'échouer dans la vie. Eh bien, ce n'est pas ma faute. Je n'y peux rien. J'ai essayé une fois de me tuer et je n'ai pas eu le courage de recommencer. Tu veux rendre un service à l'humanité ? me demanda-t-elle.

Je ne répondis pas ; j'écoutais l'Océan floquer contre les pilotis, sentant la jetée se soulever et redescendre et songeant que tout ce qu'elle avait dit était juste.

Gloria farfouillait dans son sac. Quand sa main réapparut, elle tenait un petit revolver. Je n'avais jamais vu le revolver auparavant, mais je ne fus pas étonné. Je ne fus pas étonné le moins du monde.

— Tiens..., fit-elle en me le tendant.

— Je n'en veux pas. Range ça, dis-je. Allez, viens, rentrons. J'ai froid...

— Prends-le et poinçonne mon ticket pour là-haut, fit-elle en me le collant dans la main. Tue-moi. C'est le seul moyen de me soulager de ma misère.

« Elle a raison, me dis-je. C'est le seul moyen de la soulager de sa misère.

[Étant tout gosse, je passais l'été à la ferme de mon grand-père, dans l'Arkansas. Un jour que j'étais devant le fournil en train de regarder ma grand-mère fabriquer du savon dans une grande marmite de fer, mon grand-père traversa la cour et vint vers nous, l'air très agité.

— Nellie s'est cassé une patte, dit mon grand-père.

À la suite de grand-mère, je franchis la clôture et je passai dans le jardin où mon grand-père était à labourer. La vieille Nellie était allongée par terre et hennissait, toujours attelée à la charrue.

Nous restâmes à la regarder, simplement à la regarder. Mon grand-père revint avec le fusil qu'il avait porté à la bataille de Chickanauga Ridge.

— Elle s'est pris le pied dans un trou, dit-il, flattant la tête de Nellie.

Ma grand-mère me fit retourner de l'autre côté. Je me mis à pleurer. J'entendis un coup de fusil. Je me précipitai et me jetai par terre, lui étreignant la tête dans mes bras. J'adorais ce cheval. Je haïssais mon grand-père. Je me relevai et allai vers lui, et je me mis à le cribler de coups de poing dans les jambes… Un peu plus tard, ce jour-là, il m'expliqua qu'il aimait Nellie lui aussi, mais qu'il avait été forcé de l'abattre.

— C'était le plus grand service que je pouvais lui rendre, dit-il. Elle n'était plus bonne à rien. C'était la seule façon de la soulager de sa misère…]

J'avais le revolver à la main.

— C'est bon, dis-je à Gloria. Quand tu voudras.

— Je suis prête.

— Où ?

— Juste ici. Sur le côté de ma tête.

La jetée fit un bond au moment où une énorme vague s'écrasait.

— Maintenant ?

— Vas-y.

Je la tuai.

La jetée bougea de nouveau et reflua vers l'Océan avec un grand bruit de succion.

Je lançai le revolver par-dessus la balustrade.

Un des policemen était assis avec moi dans le fond, l'autre conduisait. Nous roulions à toute allure et la sirène mugissait. C'était le même genre de sirène que celle qu'on utilisait au marathon de danse quand on voulait nous réveiller.

— Pourquoi l'as-tu tuée ? me demanda le policeman qui était assis à l'arrière avec moi.

— Elle me l'a demandé, répondis-je.

— T'entends ça, Harry ?

— C'est fou ce qu'il peut être complaisant, le salaud.

— T'as pas d'autre raison à donner ? demanda le policeman qui était à l'arrière.

— On achève bien les chevaux... dis-je.

… Dieu ait pitié de votre âme.

DU MÊME AUTEUR

Aux Éditions Gallimard

Dans la collection Série Noire

PERTES ET FRACAS, Série Noire *n° 171* et Folio *n° 1838.*

ADIEU LA VIE, L'AMOUR... Série Noire *n° 39* et Folio *n° 1887.*

En Folio

LE SCALPEL, *n° 1541.*

J'AURAIS DÛ RESTER CHEZ NOUS, *n° 1398.*

En Folio Policier

ON ACHÈVE BIEN LES CHEVAUX, *n° 117.*

UN LINCEUL N'A PAS DE POCHES, *n° 24* et Carré Noir *n° 304.*

COLLECTION FOLIO POLICIER

Dernières parutions

542.	Bernhard Schlink	*La fin de Selb*
543.	Jean-Bernard Pouy	*La clef des mensonges*
544.	A. D. G.	*Kangouroad Movie*
545.	Chris Petit	*Le Tueur aux Psaumes*
546.	Keith Ablow	*L'Architecte*
547.	Antoine Chainas	*Versus*
548.	Joe R. Lansdale	*Le mambo des deux ours*
549.	Bernard Mathieu	*Carmelita*
550.	Joe Gores	*Hammett*
551.	Marcus Malte	*Le doigt d'Horace*
552.	Jo Nesbø	*Le sauveur*
553.	Patrick Pécherot	*Soleil noir*
554.	Carlene Thompson	*Perdues de vue*
555.	Harry Crews	*Le Chanteur de Gospel*
556.	Georges Simenon	*La maison du juge*
557.	Georges Simenon	*Cécile est morte*
558.	Georges Simenon	*Le clan des Ostendais*
559.	Georges Simenon	*Monsieur La Souris*
560.	Joe R. Lansdale	*Tape-cul*
561.	William Lashner	*L'homme marqué*
562.	Adrian McKinty	*Le Fils de la Mort*
563.	Ken Bruen	*Le Dramaturge*
564.	Marcus Malte	*Le lac des singes*
565.	Chuck Palahniuk	*Journal intime*
566.	Leif Davidsen	*La photo de Lime*
567.	James Sallis	*Bois mort*
568.	Thomas H. Cook	*Les ombres du passé*
569.	Mark Henshaw - John Clanchy	*L'ombre de la chute*
570.	Olen Steinhauer	*La variante Istanbul*
571.	Thierry Bourcy	*Les traîtres*
572.	Joe R. Lansdale	*Du sang dans la sciure*
573.	Joachim Sebastiano Valdez	*Puma qui sommeille*

574. Joolz Denby — *Stone Baby*
575. Jo Nesbø — *Le bonhomme de neige*
576. René Reouven — *Histoires secrètes de Sherlock Holmes*
577. Leif Davidsen — *Le dernier espion*
578. Guy-Philippe Goldstein — *Babel Minute Zéro*
579. Nick Stone — *Tonton Clarinette*
580. Thierry Jonquet — *Romans noirs*
581. Patrick Pécherot — *Tranchecaille*
582. Antoine Chainas — *Aime-moi, Casanova*
583. Gabriel Trujillo Muñoz — *Tijuana City Blues*
584. Caryl Férey — *Zulu*
585. James Sallis — *Cripple Creek*
586. Didier Daeninckx — *Éthique en toc*
587. John le Carré — *L'espion qui venait du froid*
588. Jeffrey Ford — *La fille dans le verre*
589. Marcus Malte — *Garden of love*
590. Georges Simenon — *Les caves du Majestic*
591. Georges Simenon — *Signé Picpus*
592. Carlene Thompson — *Mortel secret*
593. Thomas H. Cook — *Les feuilles mortes*
594. Didier Daeninckx — *Mémoire noire*
595. Graham Hurley — *Du sang et du miel*
596. Marek Krajewski — *Les fantômes de Breslau*
597. François Boulay — *Traces*
598. Gunnar Staalesen — *Fleurs amères*
599. James Sallis — *Le faucheux*
600. Nicolas Jaillet — *Sansalina*
601. Jean-Bernard Pouy — *Le rouge et le vert*
602. William Lashner — *Le baiser du tueur*
603. Joseph Bialot — *La nuit du souvenir*
604. Georges Simenon — *L'outlaw*
605. Kent Harrington — *Le serment*
606. Thierry Bourcy — *Le gendarme scalpé*
607. Gunnar Staalesen — *Les chiens enterrés ne mordent pas*
608. Jo Nesbø — *Chasseurs de têtes*
609. Dashiell Hammett — *Sang maudit*
610. Joe R. Lansdale — *Vierge de cuir*
611. Dominique Manotti — *Bien connu des services de police*
612. Åsa Larsson — *Horreur boréale*
613. Saskia Noort — *Petits meurtres entre voisins*

614.	Pavel Kohout	*L'heure étoilée du meurtrier*
615.	Boileau-Narcejac	*La vie en miettes*
616.	Boileau-Narcejac	*Les veufs*
617.	Gabriel Trujillo Muñoz	*Loverboy*
618.	Antoine Chainas	*Anaisthêsia*
619.	Thomas H. Cook	*Les liens du sang*
620.	Tom Piccirilli	*La rédemption du Marchand de sable*
621.	Francis Zamponi	*Le Boucher de Guelma*
622.	James Sallis	*Papillon de nuit*
623.	Kem Nunn	*Le Sabot du Diable*
624.	Graham Hurley	*Sur la mauvaise pente*
625.	Georges Simenon	*Bergelon*
626.	Georges Simenon	*Félicie est là*
627.	Ken Bruen	*La main droite du diable*
628.	William Muir	*Le Sixième Commandement*
629.	Kirk Mitchell	*Dans la vallée de l'ombre de la mort*
630.	Jean-François Vilar	*Djemila*
631.	Dashiell Hammett	*Moisson rouge*
632.	Will Christopher Baer	*Embrasse-moi, Judas*
633.	Gene Kerrigan	*À la petite semaine*
634.	Caryl Férey	*Saga maorie*
635.	James Sallis	*Le frelon noir*
636.	Gabriel Trujillo Muñoz	*Mexicali City Blues*
637.	Heinrich Steinfest	*Requins d'eau douce*
638.	Simon Lelic	*Rupture*
639.	Jenny Siler	*Flashback*
640.	Joachim Sebastiano Valdez	*Les larmes des innocentes*
641.	Kjell Ola Dahl	*L'homme dans la vitrine*
642.	Ingrid Astier	*Quai des enfers*
643.	Kent Harrington	*Jungle rouge*
644.	Dashiell Hammett	*Le faucon maltais*
645.	Dashiell Hammett	*L'Introuvable*
646.	DOA	*Le serpent aux mille coupures*
647.	Larry Beinhart	*L'évangile du billet vert*
648.	William Gay	*La mort au crépuscule*
649.	Gabriel Trujillo Muñoz	*Mezquite Road*
650.	Boileau-Narcejac	*L'âge bête*
651.	Anthony Bourdain	*La surprise du chef*

Composition Nord Compo
Impression Novoprint
à Barcelone, le 15 mai 2018
Dépôt légal : mai 2018
1er dépôt légal dans la collection : octobre 1999

ISBN 978-2-07-041033-0./Imprimé en Espagne.

341292